川島喜代詩の添削

山中律雄
Ritsuyū Yamanaka

現代短歌社

純

曇天の破れんばかり轟きて雨を集めし滝濁り
落つ

あらは、季節を大きます。ふつうはなくらいつ聴くんし。
これで、おいおん具合がちがうのではと、

水しぶき浴びつつ滝を仰ぎみてときの間とほ
し仕事も家も

専家使す自然のいとなみと、ここに行きる作者と。
この一首をくらよくわかります。

◎
連れ合ひを失ひし人生活に追はれて日毎立ち直るはや

こういう表現意欲を貴みたいと思います。
かなり辛味のある把握でした。

○
朝掃きて夕べまた散るもみぢ葉の集まり寒し
積
ひくき
曇り移りて
に

連語の力というものあり。力ある所がスキです。
能る・一寸おもしろいのですここ。

目次

装丁　間村俊一
装画　仙厓「指月布袋画賛」（出光美術館所蔵）

川島喜代詩の添削

抑揚、強弱をつける

身のうちを病む父足を病む母のありてわれには不惑近づく　（原作）
身のうちを病む父足を病む母のありて不惑に近づくわれは　（添削）

（評）無常なるものの哀れが滲みます。歌は抑揚が大事です。

人も四十歳近くなると、その親はずいぶんと老け込んでくる。私の父は狭心症を患い、母は足腰を病んで、日常の起居に苦労していた。そうした移ろいを「無常なるものの哀れ」と先生は感じてくれた。「アリテワレニハフワクチカヅク」と「アリテフワクニチカヅクワレハ」では調べが異なる。簡単な言葉のやり繰りによって抑揚が生まれた。加えて言えば、思いも膨らんだ。言葉とこころは直結する。私達の会話も、平穏な時にはおだやかであり、危急な時には大声になる。基本的には歌も同じだろう。

飲食をいとへるまでに浄らかになりたる妻か子を身ごもりて　（原作）
飲食をいとへるまでにみづからに浄まりたらん身ごもる妻は　（添削）

（評）コトバのかかわりあいの問題。この位はからませた方がいいでしょう。

「飲食（おんじき）をいとへる」は「つわり」のことである。子供を身ごもった妻はつわりに苦しんだ。食べ物を受け付けなくなるまで浄らかになってゆく身体の変化に驚きを覚え、どうしても詠んでおかなければならないと思って作った歌である。「からませた方がいい」は、単調な調べを戒めた言葉で、「みづから」という、あまり意味の重くない言葉を配置して抑揚を出している。二句と三句の助詞「に」の並列も、歌にうねりを生み出した。「身ごもる」と言っているので「子」は不要である。初心者にありがちなミスだろう。

水槽を換へし金魚がかたまりて一時間ほど動きなくゐつ　（原作）
水槽を換ふれば金魚かたまりて一時間ほど動きなくゐつ　（添削）

（評）二句、強めましょう。アクセントが必要。

以前、金魚を飼ったことがあった。子供達にせがまれ仕方なくであったが、縁日があるたびに増えるので、水槽が手狭になり、ある時大きなものに換えた。新しい水槽に移すと、しばらくの間金魚の動きが鈍くなる。環境に馴染まないのだろうと思ったりもしたが、今考えると、単に水温が低かっただけかも知れない。「水槽を換へし金魚がかたまりて」は単調だ。添削二句、「換ふれば」と強く言って、その後下句に向って静かに息を退いてゆく。抑揚を考えるとこんな風になるのだろう。

おほよそに年重ねつつこの日頃父に似るわがこゝろ怪しまず　（原作）
おほよそに齢重ねてこの日頃父に似るわがこゝろを怪しまず　（添削）

（評）二句、「ヨハヒカサネテ」。結句は一音余すことで情感を盛ります。


好むと好まざるに係らず、人は年齢を重ねるにしたがって顔や声が親に似てくるものらしい。電話ではよく父と間違えられたし、父は逆の経験をしたに違いない。

原作二句の「年重ねつつ」は調子が軽く、上滑りしている。添削歌、「齢重ねて」の後のちょっとした小休止によって抑揚が生まれた。

下句の小刻みな調べに楔を打ち込む形の結句八音だが、敢えて破調にすることで、歌の表現と思いを膨らませている。

曇天の破れんばかり轟きて雨を集めし滝濁り落つ　（原作）
秋曇破らんばかり轟きて雨を集めし滝濁り落つ　（添削）

（評）初句は、季節を入れます。二句、「破れん」↓「破らん」。これでずいぶん気合いが違うのでは？

「気合いが違う」は語気の強さである。「破れん」は他力的だが、「破らん」になると意思を感じる。原作、語法も危うく、安心して読めない。
同時作に〈水しぶき浴びつつ滝を仰ぎみてときの間とほし仕事も家も〉があるが、「豪快な自然のいとなみと、そこに佇立する作者。この一首、とくによくわかります」というコメントをもらっている。

青春期すでに越えしと思ひつつひととき青き芝生に憩ふ（原作）
はやはやも青春期わが越えたりとひととき暑き芝生に憩ふ（添削）

（評）「思ひつつ」は少々呑気。緊張感に欠けます。つよく言うべきところ。「青春」と「青き」の重出は不手際。

「思ひつつ」は工夫のない表現と言っていい。「思ふ」は使いやすい言葉なので、ついつい多用してしまうが、使いやすい言葉ほど気をつけないと、作品が類型化してしまう。「つよく言うべきところ」とは、歌の抑揚のことを言っている。それぞれの上句を比べてみれば、抑揚の違いは一目瞭然だ。「はやはやも」には、時の移ろいの哀れとともに、青春期の駆け抜けてゆくようなスピード感も表現されている。

かたまりて浜ちかく住む人々の屋号に呼びて親しめるらし　（原作）
浜ちかくかたまりて住む人あれば屋号に呼びて親しめるらし　（添削）

（評）一、二句さしかえます。三句のかたちは、強調の技術です。時に便利也。

「浜ちかく」と起句すれば、一首の情景を想起しやすい。いきなり場面が浮かんでくる、そんな感じだ。「一、二句さしかえ」の理由はここにある。「かたまりて」住んでいるので、わざわざ「人々」と複数にする必要もない。普通ならば「あれば」は説明的になってしまうが、それも使いようで、添削歌では一首に上手く納まっている。要は表現の上で効果があがればいいのだ。先生にはこうしたものが多く、例えば〈林間を落ち来しみづの幅ひろくそそげば池のおもて動かず〉〈春の日に当てて香りのすこやけき毛布かづけば来る夢あらん〉など自在であった。

余剰なるものにしあれば耐へがたく顔に浮きたる脂を拭ふ　（原作）
余剰なるものなればかく耐へがたく顔に浮きたる脂を拭ふ　（添削）

（評）二句、このように。円滑にします。

顔に浮き出た脂を煩わしく思うことがある。額や鼻の周りに触れた指先に脂のぬめりを感じると、それだけで耐えがたい思いにもなる。
原作二句、「ものにしあれば」が「ものなればかく」と改められた。このことで歌の内容が変わったわけではないが、一首の調べに抑揚が出た。「かく」は〝虚〟の言葉だ。よく〝虚〟と〝実〟が話題になるが、それはものの見方だけに限らず、言葉の使い方にもあると思っている。

記憶よりさらにひそかに駅ビルのうへを帰雁の群わたりゆく　（原作）
記憶よりひそかなるもの駅ビルのうへを帰雁の群わたりゆく　（添削）

（評）「さらに」の強調は無用でしょう。この位に。

冬の終りに、帰雁の群を見ることがある。ほぼ同じ時間に、同じ方向に向かって飛んでいくのを見ると、人間には分からない決まりがあるのかも知れない。
ある時、駅ビルの上を飛んでいく雁の群を見た。音もなく空を渡る姿には寂寥感さえ感じた。以前に見たものと比較しての「さらに」だったが、そのことを強調する必要はない。「さらにひそかに」の「に」の重複も、歌の調子を落とす要因になっている。短歌は五句三十一音によって構成されるが、言葉は少ない方がいい。

こころざしなきわが日々よ傍らにけふもしづかに妻子がねむる　（原作）
こころざし薄き日々なれ傍らにけふもしづかに妻子がねむる　（添削）

（評）「こころざしなき」では強すぎましょう。この位が適当です。

私は向上心のある方ではない。どちらかと言うと、時々の潮流に呑まれがちで、そうした生きざまはこの先も変わらないだろう。だからと言って、原作の「こころざしなき」は大げさだ。「こころざし薄き」くらいが丁度いい。
今では二人の子供も社会人となり、自分と妻の行く末を考えるだけでよくなったが、子供達が小さかった時は、「本当に育てていくことが出来るのだろうか」という不安でいっぱいだった。

とどろきて空に花火のひらくときなべて人らは苦を忘るべし　（原作）
とどろきて空に花火のひらくとき人らおほよそ苦を忘るべし　（添削）

（評）「なべて」はひろく断定しすぎましょう。

夏祭などでよく花火を打ち上げる。最近は技術も進み、色も形も美しくなった。子供達が小さかった頃はよく見に出掛けた。細い光跡がするすると上がっていくのと同時に、人々は空を見上げ、それが頂点に達したとき、一気に開く光の花に歓声を上げた。花火の光に照らし出された人々の顔には愁いなどないようにも見えた。ただ、「なべて」は言い過ぎである。全ての人ことごとくという断定は独りよがりであり、「おほよそ」くらいがいい。

雨残るひとつらの雲夕映えて昏れゆくしばし道をいろどる　（原作）
雨残るひとつらの雲夕映えてわが身めぐりのものをいろどる　（添削）

（評）強弱の度合がうまくいかないと平板になりましょう。

先生は調べの強弱を大事にした。歌の出だしや三句あたりに、意味のない言葉、意味はあるのだが、あまり重くない言葉を「あしらう」と作品に抑揚が出ると言っていた。ひとつの型になる危険も孕むが、歌の調べを考える上ではとても大切なことである。この歌にあっては、四、五句の「わが身めぐりのもの」がそうだろう。計らいがなく自然だ。「道」が消えたことによって視界の枠も取り除かれ、拡がりのある作品に仕上がった。

衰への過程といへどここ幾日欅の葉群くれなゐを増す　（原作）
衰ふる過程といへどこの幾日欅の葉群くれなゐを増す　（添削）

（評）ちょっとした違いなれども、二か所の違いはかなり大切。


秋の深まりとともに木々は紅葉してくる。もともとは冬に向けての準備であり、衰えの過程なのだが、その美しさに目を見張ることもある。

「衰への」が「衰ふる」に、「ここ」が「この」に改められた。しかも「かなり大切」と言っている。

「衰への」を「衰ふる」にすると、歌にちょっとしたタメのようなものが出来る。「この」についても同じことが言える。かすかな抑揚だが、分かる人にはわかるのである。

映像と思へば人を殺むるをこころ騒立つこともなく見つ　（原作）
きはまりて人殺むるを映像に見つつこころのさわぐともなし　（添削）

（評）せっかくの素材です。キッチリと言い止めたいもの。ここでは「きはまりて」がミソ。


テレビドラマなどで殺人シーンがよく流れる。あまり気分のいいものではないが、自分の生活ではまずあり得ないと思っているせいか、特段こころも動かない。

原作、順序立てて詠んでいるため、歌に起伏がない。そこで全体に捩りを入れ、結句を「さわぐともなし」と結んだのである。「キッチリと言い止めたいもの」はその表れでもある。

「きはまりて」が「ミソ」だが、歌い出しをさり気ない言葉にして抑揚をつけるのも技法のひとつである。

睡眠はたりてこの世を厭ひたるきのふの思ひ凪ぎわたりたり　（原作）
今生をきのふ厭ひしわがこころ睡りたらひて凪ぎわたるはや　（添削）

（評）この位メリハリをつけないとインパクトを備えません。

充分に睡眠が足りて気持ちのいい朝を迎えると、何となく爽やかな一日を送れそうな予感がする。からだに漲る力。そんな感じを歌いたかったのだが、原作ではインパクト不足だと言う。なるほど、言葉に起伏がなく冗長だ。特に結句の「凪ぎわたりたり」は締まりがない。
添削では「今生」など、普段あまり使わない言葉を上手にあしらい、かつ語順を整えることによって、調べに強弱をつけている。先生は「五七五七七の五つの句は、おのおのが照らし合い、響きあって、独特のリズムを形づくり、ひとつの波動となって迫ってくる、そういう特質をもっている」と言っているが、個々の言葉にはおのずからなる調べが備わっており、その調べの組合わせによって歌は成立しているということである。

呼吸の入れ方

今年また梅の疎林に白花の開きて時のとめどもあらず　（原作）
今年また梅の疎林に白き花開きて時のとめどもあらず　（添削）

（評）三句、ここで一寸した休止が入ると調べに変化が生まれる筈。

毎年決まって訪れる梅林がある。特に出掛けるというわけではなく、ついでに寄って来る程度のものだ。林というには梅の木が少なく、「疎林」と言った方がいいだろう。年毎に訪れるので、あれから一年経ったのかと思うこともしばしばで、「時のとめどもあらず」にはそうした思いを込めたつもりだ。
添削歌、三句切れによって、四句の「開きて」に言葉の強さが生まれた。些細な変化なので、気付かずに読み下してしまう人もいるだろうが、歌の味わいはこんなところにも出る。

削られて出でし地層を見つつをりあからさまなる時と思ひて　（原作）
削られて出で来し地層見つつをりあからさまなる時と思ひて　（添削）

（評）二句の言い換え、おろそかならず。

崩れた山の斜面などで地層を見かけることがある。幾層にも重なった横縞模様は、目に見える時間でもある。地層を時間に言い換えるなど、特別なことではないが、しゃにむに歌を作っていた頃のもので、初心の自分を思い出す作品でもある。
二句、「出でし地層を」が「出で来し地層」になった。口誦すると分かるが、添削の「地層」の後の、一瞬の小休止が歌の調べを緊密にしている。コメントにある「おろそかならず」は、歌の調べを尊ぶ先生の思いでもある。

いくばくか太れるゆゑにうつしみは暑さにさとく夏を迎へつ　（原作）
いくばくか太りたるゆゑうつしみは暑さにさとく夏を迎へつ　（添削）

（評）二句のはこび方、こんな具合に。

人は太ると暑さに敏感になる。もちろん確証のある話ではないが、経験上そう思うのだ。私は結婚を機に太り始めた。「結婚を機に」と言うと、妻が悪いように聞こえるが、妻には何の罪もなく、一番の原因は無類の炭水化物好きにある。
添削歌、二句で「太りたるゆゑ」とひと呼吸入れることにより、調べに緊張感を生み出している。ついでに助詞の「に」も減らすことが出来た。「に」の重なりは調べを損なうことが多く、原作の調子の低さの原因にもなっている。

つぎつぎに親しき人のみまかれば死を軽侮して幾日を過ごす（原作）
つぎつぎに親しき人らみまかれば死を軽侮して幾日を過ごす（添削）

（評）四句の逆転がインパクト。「つぎつぎ」がありますから、「人ら」とする必要もありませんが、あえて複数にするのはやはり調べの違いによるものです。

親しくしていた人が次々に亡くなっていく。そんな時にふと浮かんだ想念で、死が特別なものでないことを「軽侮」に込めて詠んだ歌である。最初は私も「親しき人ら」とした。ただ「つぎつぎ」があるので、複数形にする必要もないだろうと思い、「親しき人」に改めた。先生はそのことを承知の上で、軽やかに転がってゆくような調べを嫌い、あえて「親しき人ら」と複数形にして調子を抑えたのである。

地吹雪を経てあかるさの戻りたる街は晴れゆく空の匂ひす　（原作）
地吹雪を経てあかるみの戻るころ街は晴れゆく空の匂ひす　（添削）

（評）二三句、一寸工夫してみます。原作だと、どうしても四句が重くなってしまいます。

地吹雪が過ぎて間もなく、空が晴れ渡り、ふと冬の匂いを感じることがある。それは樹木の匂いだったり、街の匂いだったりする。「空の匂ひ」は、いささか雰囲気に酔った表現であるが、こうした甘さも時には許されよう。
原作は一本調子だが、添削は、「戻るころ」で一呼吸おいて下句に繋がってゆく加減がいい。この一呼吸が緩衝材になって、四句が晴々しいものになった。「あかるみ」も、ほのぼのとした明るさを印象付けており、この一語で歌がまどかになったと言ってもいいだろう。

押しうつる雨雲のした朝のかぜ払ひ雫をはらふ竹群　（原作）
押しうつる雨雲のした朝風を払ひ雫をはらふ竹群　（添削）

（評）ちょっと面白い感じ方でした。調べは渋滞なきように。

「調べは渋滞なきように」は、「朝のかぜ」から「払ひ」の間にある、隙間のような小休止のことである。二句で一端切れて、三句でふたたび調べが滞るのは煩わしい。
朝の風を払うという把握を、「ちょっと面白い感じ方」と言っている。素材は万人に共通だが、ものを見る角度はおのおのによって異なる。そのことを考えてもらうための誉め言葉だろうが、こうしておだてられ、私は育てられたのである。

眠りより覚めていまだに哀歓のもどらぬ吾子がほのぼのとゐる　（原作）
眠りより覚めていまだに哀歓のもどらぬ吾子かほのぼのとゐる　（添削）

（評）四句、「が」→「か」。これで勝負がきまる一音。

寝起きの直後、子供達は布団の上でよくぼんやりしていた。目が覚めたばかりで思考が働かないのだろう。これは子供に限ったものではなく、大人だって同じである。
添削は一音だけ。先生は「勝負がきまる一音」と言っている。確かに「が」は断定的だ。「か」になると調べが優しくなり、思いが深くなる。また一呼吸置くことで、結句の「ほのぼのとゐる」が立ちあがってくる。短歌の表現では一字もおろそかに出来ないが、そのことを示す添削でもある。

おのづから時間とどめてゐし菊が寒さゆるみし夕べにひらく　（原作）
おのづから時間とどめてゐし菊が寒さゆるみて夕べひらきぬ　（添削）

（評）「し」の重なりを避けます。

気温が低く、開花の進まない菊花を、「時間とどめて」と捉えたのはひとつの見どころだが、「し」の重なりが歌を壊している。今であれば絶対にないミスだろう。
「サムサユルミシユウベニヒラク」と「サムサユルミテユウベヒラキヌ」では、後者の調べが緊密である。これは、四句の「寒さゆるみて」の「て」によって、ちょっとしたタメが出来たからだ。また「て」の断定は、結句に力を与えている。

浜畑に群れ咲く白き水仙のまたたくごとし風に吹かれて　（原作）
浜畑に群れ咲く白き水仙のまたたくばかり風に吹かるる　（添削）

（評）四句切れのいい場合と、歌い下ろした方がいい場合とあって、しかもそれは個々の場合によりますから一般論は成りたたない、として、この歌のケースはこっちの方が収まると信じます。

近所に水仙の花が咲き溢れる浜畑がある。手入れの行き届いた白い花群は、春の開始を告げる合図のようでもある。疾風が吹き抜ける時、水仙は波打ち〝またたき〟にも似たかがやきを見せることもある。
結句の「て」は弛んだ表現で、いささか安易だ。表現は「個々の場合により」良し悪しが異なるのはその通りだが、原作の表現は歌をしっかりと結べていない。「こっちの方が収まると信じます」と言う先生の言葉は正しい。

引き締める

沖の空飛ぶ塵芥のごとき鳥さらに遠くを冬日がくだる　（原作）
沖合を飛ぶ塵芥のごとき鳥その遠方に冬日がくだる　（添削）

（評）「沖の空」は歌の流れをそこねています。「さらに遠くを」は散文的でした。

定型詩で「散文的」は致命的な欠点である。「さらに遠くを」はあきらかに鈍い表現で、添削の「その遠方に」の方が弾力に富んでいる。見どころとしてはさほど悪くないように思うのだが、表現が伴わないと読み手のこころに響かない。
私の考える良い歌の条件のひとつは、表現のしっかりした歌である。文語体が基本である短歌は、会話と違い、他者が補足をするにしても限界がある。表現が緩むと曖昧になり、如何ようにも解釈されかねないからだ。

炎天のもとを老婆がみづからの影にすがれるごとく歩み来　（原作）
みづからの影にすがれるありさまに炎天のもと老女があゆむ　（添削）

（評）原作、調子が弛んでいましょう。きりりとひきしめます。要はメリハリの問題。「老婆」は語感悪し。

生活様式の変化によってあまり見かけなくなったが、かつて私の村には腰の曲がった老人が大勢いた。「みづからの影にすがれる」は、その姿である。見どころは悪くないと思うのだが、作歌技術が伴っていない。先生は技術を尊んだ。いくら良いところを見たとしても、表現力がなくては読者に思いが伝わらない。開き直って、「見どころさえ良ければそれで十分」と言う人もいるが、概して技術のないものの使う言葉だ。表現をなめてはいけない。短歌の学びとは、表現を磨くための学習である。

雪やまぬままに昏らみて来し街にため息のごと信号変はる　（原作）
雪やまぬまま夕づきし街上に息つくごとく信号変はる　（添削）

（評）二句、やや間延びしています。「ため息のごと」は調子が低いでしょう。確かに言うこと。

雪の降る夕方、ふと変わった信号に「ため息」がこぼれるような感覚を覚えることがある。先生はこの見方を「調子が低い」と言って、表現を改めているが、「ため息」の果敢なさ加減がいいと思う人もいるだろう。
「間延び」とは、初句から二句にかけての句またがりと、助詞の「に」を指している。しかも、二句から三句にかけては、言葉が小刻みになっていて、調べを大事にしていた先生には許せない表現だったろう。「街」が「街上」と添削されたことで、手放し加減の景が引き締まった。

昼すぎて吹くこの風にあはあはと雪おく樅の葉群がゆらぐ　（原作）
昼すぎて吹きたつ風にあはあはと雪おく樅の葉群がゆらぐ　（添削）

（評）二句、しっかりと。これで一首が締まりました。

歌の景色は悪くない。樅の葉は密度濃く茂るので、「あはあは」と降り積もった雪でもそれなりの重量感がある。ただ、「吹くこの風」の小刻みな調べが、ゆったりとした情景をせわしないものにしている。
歌の調べが景色を損なうことはよくあるが、作品の純度を高めるためには、小さな傷も見逃してはならない。調べを通すことで歌は一気に立ち上がるが、調べを通す力量は一朝一夕に備わるものではない。

春の雪そそぐ河口をさかのぼるうしほの重き流動を見つ　（原作）
春はやき雪ふる河口のぼりゆくうしほの重き流動を見つ　（添削）

（評）上の句、少々呑気でした。

満ち潮がゆっくりと河口を遡る様子を、「うしほの重き流動」と捉えたのはまずまずだろう。しかし、原作の上句はそれを支えきれていない。その原因は、景の表面をなぞっただけで、観るという意識に欠けているからだ。観たと観るでは違う。
「春はやき雪ふる河口」という先生の言葉遣いは緊密である。歌の調べには張りつめた糸のような緊張感と、鞭のようなしなやかさが必要だが、その矛盾を乗り越えるには言葉を磨かなければならない。

熱出でし妻の傍へにたまものの時と思ひてひと日を過ごす　（原作）
たまものの時と思ひて熱出でし妻の傍へにひと日を過ごす　（添削）

（評）コトバの運びには、おのずからなる秩序がありましょう。この方が、調べがおおどかになります。

妻は疲れると熱を出す。旅行のあとや寺の行事が重なると高熱が出て、その後何日か休むと、以前より元気になって復活する。妻が熱を出している時には私も外出を控える。普段忙しいので、自分の休息にもなり、妻には悪いが「たまものの時」と思って過ごす。
「コトバの運びには、おのずからなる秩序がありましょう」はその通りで、正しい語順は歌の姿を美しくする。原作は腰が折れているため、作者の思いが真直ぐに伝わってこない。語順を正し、調べを通す理由はここにある。

暁方の夢よりつづく充足と思ひてゐしがはかなくなりぬ　（原作）
暁方の夢よりつづく充足と思ひてゐしがやがてはかなし　（添削）

（評）結句、ひき締めて。

目覚め際にちょっとした夢をみることがある。たいがいは生活の些事に紛れて忘れてしまうが、時にはこころに残るものがある。それでも所詮は夢の中の果敢なごとに過ぎず、ほどなく忘れてしまう。
原作の結句、「はかなくなりぬ」は冗漫だ。そこで先生は「やがてはかなし」と改めたのである。このことで歌には時間の流れが出た。「やがて」は意味を求めるというよりも、気息のように置かれた言葉で、この表現によって詠嘆が生まれた。

患へるまま逝きしかば苦しみを解きはなつ死と人らは言はん　（原作）
患へるまま逝きしかば苦しみを解きはなつ死と人は言ふべし　（添削）

（評）結句「人ら」と複数にする必要ありませぬ。

終を迎えようとする家族や縁者が苦しむ姿を見て、いたたまれずに「死をもって、この苦しみを解き放ってもらいたい」という願いを持つのは、決して残酷なことではない。私自身、父や母の苦しむ姿を目の当たりにして、そうした思いを持ったのも事実であり、〈苦しみて病む老い母の今の死を願ひたる罪また思ひ出づ〉という歌さえ作った。掲出歌の「苦しみを解きはなつ死」には、耐えがたい罪悪感を慰めようとする思いがある。先生は「複数にする必要」はないと言い、また、結句を「言ふべし」に改めている。歌意そのものにさほど違いはないが、その効果は大きい。「言ふべし」によって調べは引き締まり、作者の思いがより強く出た。

海の面はたちまち硬くなりゆかん夕映え終へしのち寒ければ　（原作）
海の面はたちまち硬くなりゆかん夕映え寒く過ぎたりしかば　（添削）

（評）原作の下の句は、やや間接的。で、そこを凝縮させます。そうして、上の句の美しさを支えましょう。


夕映えが終って余光が差し込んでいる海面に、金属のような硬さを感じるときがある。光の反射によるものだろうが、寒い季節はなおさらだ。

原作の下句を「間接的」と先生は指摘している。「終へしのち」と説明してしまったからだろう。それに比べると「夕映え寒く」は密度が濃く、「過ぎたりしかば」の少し開放的な感じも歌に拡がりを与えている。

先生はよく「発見の機微」を言っていた。それは〝実〟の向こう側にある、何かを見透すことだろうと私は考えている。「硬くなりゆかん」は、長い間こころの中にあたためていたフレーズだが、自分では一つの発見だと思っている。

流露させる

ことときれしその時われの傍らにあるいは誰もゐぬかもしれぬ　（原作）
うつしみのことときれし時傍らにあるいは誰もゐぬかもしれぬ　（添削）

（評）おもしろい想像です。上の句、緊密に、且つゆるやかに運びます。

生死は不如意であり、如何なる時におのれの死がやって来るかは分からない。せめて親しい人に見守られてこの世から去りたいと思ったところで、望みどおりになるわけでもない。先生が言うような「おもしろい想像」ではなく、これが現実であり、これ以外にはないのである。
原作二句、「その時われの」が細かすぎる。「緊密に、且つゆるやかに運びます」は、短歌の調べの理想と言っていい。上田三四二先生は、『短歌の言葉は鳩を抱く掌だ」と言っている。強くても、緩くても駄目だという意味だが、「緊密に、且つゆるやかに」と相通うところがある。

嘘多きこと怪しむな断はりの手紙をわれは今書き終へつ　（原作）
いつはりをあやしむ勿れ断はりの手紙をわれは今書き終へつ　（添削）

（評）表現は、はずみをもたせたきもの。上句、如何？

やむを得ない事情により、嘘をついて会合を欠席することがある。物ごとには全て優先順位があるので仕方ないのだが、時には自責の念にかられる。こちらの心情を勘ぐられたくないので、電話で済むところを短い手紙にしたりする。
「嘘多きこと怪しむな」が少し窮屈なのは、言葉が多いからだろう。そこで、「いつはりをあやしむ勿れ」とする。鮮やかな添削で、「表現は、はずみをもたせたきもの」という意味がよく理解出来る。

灯を消せるのちもしばらく騒ぎゐし子らが甘き香放ちて睡る　（原作）
灯を消ししのちも騒ぎてゐし子らがいま甘き香を放ちて眠る　（添削）

（評）コトバはのびやかに運びましょう。原作少しく窮屈でした。

「少しく窮屈でした」は、下句のことを言っている。そこを「のびやか」にするため、四句に助詞を入れる。原作、下句は窮屈だが、逆に上句は冗漫だ。そこで「しばらく」を削除して「いま」を補完する。時間が限定されることによって、読者は分かりやすくなる…添削の意義はこんなところだろうか。
夜、明かりを落とした後もしばらく騒いでいた子供達が、いつのまにか健やかな寝息をたてている。人間には年齢に伴う匂いがあり、子供のそれは甘くてかぐわしい。

怠りを常のこころとするゆゑに哀歓とぼしく日々過ぎてゆく　（原作）
怠りを常とするゆゑ哀歓のとぼしき日々が過ぎてゆくはや　（添削）

（評）原作、下句にきて少々忙しいのでした。

「こころ」は無くて然るべき言葉である。そこを削って下句を伸びやかに歌う。添削の眼目だ。「下句にきて少々忙しい」のは、上句が漫然とした表現になってしまったからであり、そこをどうにかしたいという意思も感じられる。
私は生来怠け者である。怠り多く過ごしていると、日々の移ろいも緊張感のないものになってしまう。ただ毎日が劇的であってはこちらの身がもたないわけで、緊張感のない生活も、裏を返せばかえがたい平安な暮しの現れと言える。

夏服にかはりていたくうつしみのゆるぶ少女らわが前を過ぐ　（原作）
夏服にかはりてからだゆるぶらし少女の一群わが前を過ぐ　（添削）

（評）原作、コトバが忙しいのです。その分不徹底なのでした。

六月に入って薄物の制服に変わると、女生徒の身体が柔らかさを帯びて見えてくる。その様子を「ゆるぶ」と言ったのは悪くないだろう。「コトバが忙しいのです」という指摘は、「いたくうつしみのゆるぶ少女ら」のせいである。必要以上に抑揚があって煩わしい。それに比べると、添削歌は調べに無理がない。「らし」と言って思いを動かしたことにより、歌には柔軟さが加わった。
〈をみならはかくよるべなき服を着て六月尽の風に吹かるる〉は先生の歌である。前掲の作とやや似た視点を持っているが、より端的である。歌の見どころは「よるべなき」だが、その一語をもって、「六月尽」の街上の景を想像出来るのも単純化の力だろう。

水底に沈める鯉ら身の脂とかして長き冬越さんとす　（原作）
水底に沈める鯉らみづからの脂とかして冬越さんとす　（添削）

（評）「身の脂」が窮屈。「長き」を犠牲にしてもここをしなやかにしたいもの。

かつてわが家には池があり、多くの鯉が放されていた。春先、氷が解けてその姿が見えてくると、どの鯉も一様に痩せ細っていた。冬の間、何も食べずにおのれの体の蓄えだけでいのちを繋いでいたのだから当然であろう。
添削は三句の「みづからの」がすべてで、いかに大事な一語かが分かる。当時の作品を読み返してみると、三句の表現に窮屈なものが多く、そうした歌にはことごとく赤ペンが入れられている。余談になるが、これは総合誌で小中英之氏に褒めてもらった歌で、とても嬉しかったことを今も忘れない。

昼顔の花終らんとする浜のひる弔ひの傍へを過ぎつ　（原作）
昼顔の花閉づるころ浜道に葬りいとなむ傍へを過ぎつ　（添削）

（評）二句伸びた分、三四句、詰まりました。で、上の句節約をして、下の句、ゆるやかにのべます。「ハマミチニホウリイトナムカタエヲスギツ」は悪くないフレーズです。

葬りは「ハブリ」。葬儀はセレモニーホールなどの専門の施設で行われるのが一般的になったが、私の住む地域では最近まで野辺で修行されていた。ほとんどは昼を挟んで行われるのだが、寺の都合で午後遅くなり、昼顔の花が終る時間帯に行われることもあった。
原作、言葉を無駄遣いして冗長になっているのは指摘通り。しかも三句以降が窮屈な表現になっていてバランスが悪い。添削ではそこの修正がほどこされている。

献身をつねに求めてゐるわれか涙ぐむ妻みつつおもひぬ　（原作）
献身をつねに求めゐるわれかとも涙ぐむ妻みつつおもひぬ　（添削）

（評）コトバは流露させたいもの。

私は出張が多い。この歌を作った頃は子供達も小さく、留守番の妻は、家事や子育てに追われ、弱音を吐くこともあった。私の出張は、全てが仕事で、妻には頑張ってもらわなければならなかったが、今にして思えば、献身の強要でもあった。
「コトバは流露させたい」は、さんざん言われてきたことである。原作に比べると、添削歌は二句から三句の調べが伸びやかだ。歌の調べは冗漫であっても猥雑であっても駄目で、緊密かつ流露していなくてはならない。

空想は浮かびたりしがあはれあはれせまき範囲を出ぬまま終る　（原作）
空想は浮かびたりしがあはれあはれせまき範囲のままに終れる　（添削）

（評）ちょっとしたことですが、言い回しにご注意下さい。

私には空想癖があって、ふとわれに返ると色々と思いを廻らしている自分に気付くことがある。ただ、空想は現実の範疇のものばかりで、その狭さたるや、自らを憐れむより外にない。原作結句の「出ぬまま終る」は、調べが小刻みだ。「ままに終れる」として言葉を伸びやかにすると、歌にも、思いにも、色合いが出る。私は、短歌の表現はどこまでも伸びやかで、どこまでもしなやかにありたいと願っている。

幾百の鳩を放ちて大戦を傷めどわれにわく思ひなし　（原作）
幾百の鳩を放ちて大戦を傷むといへどわく思ひなし　（添削）

（評）四句、ストレートにゆかず。

昭和三十三年、「もはや戦後ではない」という時代に私は生まれた。かつては各市町村でも「慰霊祭」が行なわれ、黒い服を着た人の長い行列を見かけることもしばしばだった。この頃あまり見ないのは、遺族も高齢化し、慰霊祭そのものが行われていないからだろう。今では、原爆が投下された広島と長崎、政府が主催する慰霊祭がテレビで放映されるくらいだろうか。戦争を体験していない私には、慰霊祭は時代遅れのセレモニーにしか映らないが、もしかすると戦争の愚を認めつつ、慰霊祭に対してどこか傍観的な人は意外に多いのかも知れない。私には、「われ」や「わが」で声調を整えようとする悪い癖がある。安易な方法であることを自覚しながら、ついつい使ってしまう。原作の「われ」もその類。言葉を開くと往々にして調べが緩んでしまうが、添削の「傷むといへど」にはそうしたところがなく、むしろ一首の調べは緊密になっている。

愁ひなくけふひと日あれつぶらなる苺を喰めばおよぶ冬の日　（原作）
愁ひなくけふひと日あれつぶらなる苺を喰めば冬の日がさす　（添削）

（評）二句止めを生かすには、収めはこの方がいいと思います。

苺はかつて春の果物であったが、今では季節を問わない食べ物になった。私は無類の苺好きだ。母も大好きだったことを思うと、遺伝的に受け継いだものかも知れない。食卓に苺があると幸せになり、それが朝食だったりすると喜びはひとしおで、「愁ひなくけふひと日あれ」という気分になる。
結句の「冬の日がさす」は「二句止めを生かす」ための手段であるが、そのことで歌は窮屈さが取れ、上句と下句の呼応が深まった。

語感あるいは詩の言葉

熱出でてこもれる妻に常ならぬ刻《とき》ゆるやかに流れゐるべし　（原作）
熱出でてこもれる妻に常ならぬ刻《とき》ゆるやかに移りゐるべし　（添削）

（評）同じことなれど、この場合は「移る」に。


作歌とは言葉選びである。その時々の思いや、事物の有りようを、選び抜かれた言葉で表現することだ。様々な言葉と格闘することによって、歌は表現を勝ち得るのである。

先生は「流れ」よりは「移る」がいいと言っている。確かに「移る」の方が重しが効く。

この歌を作った頃、妻は子育ての最中であった。同居する父や母にも気を遣っていただろう。そんなある日、妻が熱を出した。色々仕事はあるのだろうが、今は床に臥すより術がない。その様子を見ながら、妻のめぐりにはゆるやかな時間が流れているのだろうと思った。第二歌集『刻ゆるやかに』の歌集名になった歌でもある。

鉄骨のビルに光れる溶接の火花はけふの空より青し　（原作）
鉄骨のビルにひらめく溶接の火花はけふの空より青し　（添削）

（評）一語をもって情景を射止めたい。それが詩のはたらき。

建築中のビルなどでよく見かける光景である。溶接は高所で行われることもあって、それを見上げるとおのずから視界には空が飛び込んでくる。火花を歌って「ひらめく」は納得できる表現だ。火花の飛び散る瞬間が限定され、そのことで「空より青し」に命が吹きこまれる。
「一語をもって情景を射止めたい。それが詩のはたらき」という言葉の持つ意味は深く、さしあたりこれがすべてだと私は考えている。

妻と子の写真撮りをり菜の花のあふれ咲く畑バックにいれて　（原作）
妻と子を撮さんとする菜の花のあふれ咲く畑背景として　（添削）

（評）二句、結句、詩の言葉に昇華します。

「写真撮りをり」「バックにいれて」は言葉がこなれていない。言葉の選択には決まりがないので何を使おうと勝手だが、言葉には言葉の機能があり、歌に馴染まないものだってある。
初心者には、美辞麗句を詩の言葉と勘違いしている人も多いが、慣用的な言葉や言語知識だけで歌を作っても、読者のこころを打つことはない。普通の言葉で詠んで、その言葉さえも歌の中に溶け込ませる努力が必要だ。

横さまに吹きくる雪にわが貌の濡れてあゆめば漂浪に似つ　（原作）
横さまに吹きくる雪にわが頬の濡れてあゆめば漂浪に似つ　（添削）

（評）「貌」は言葉がこなれていません。若々しい把握。その感じよくわかります。

北国秋田に住む者にとって、吹雪の中を歩むことは珍しくない。ジャンパーのフードを深々と被って街を行くと、見慣れたはずの風景が違うものに思える時がある。「漂浪」はその感覚を言っている。
「言葉がこなれていません」とは、「貌」から受けるイメージも含めて言っているのだろう。「頬」には親しみがある。言葉には言葉のもつ雰囲気があり、そうしたことに敏感でない人は、一生詩人になれない気がする。

対岸の沼面に映る鉄塔のひとつ明りの喪の灯のごとし　（原作）
対岸の沼面に映る鉄塔の明りつくづく喪の灯のごとし　（添削）

（評）「ひとつ」に型を感じます。

夜の沼面に映る鉄塔の灯を見ての小感だ。もの静かで寂しげな灯を、「喪の灯」のように感じた。「ひとつ明り」が「明りつくづく」に直されている。「ひとつ」に「型」を感じるというのである。私は表現に行き詰ると「ひとつ」、或いは「ひとり」といった言葉で歌を補うことがあるが、先生はその安易な手段を戒めた。「つくづく」にさしたる意味はないが、この意味のない言葉が一首に拡がりをもたらしている効果に注目したい。
同時期に作った歌に、〈いづれかが後に残るも寂しからんひとつの部屋に父母がゐる〉〈利にとほきことにしあれど着想のひとつ雨ふる夜に浮かびく〉がある。「ひとつ」という言葉の必然性を認めてもらった作品である。

なきがらを囲む人らのやはらかに花々そよぐごときもの言ひ　（原作）
なきがらを囲める人はやはらかに花らのそよぐごとくもの言ふ　（添削）

（評）「ハナバナソヨグ」→「ハナラノソヨグ」の方がやわらかいでしょう。そうすると、「花ら」と「人ら」の「ら」が重なりますので、「囲める人は」にします。「囲む」はそもそも複数であること示していますよね。

僧侶は、人の死に立ち会うことも仕事のひとつである。病院などから戻った遺体に枕経を読みに出掛けると、縁の近い人達が集まって葬儀の相談をしていることもある。亡くなった人に敬意を払うように、声を慎んで話し合いをしていることが多く、ある時、そのひそひそ話を、花のそよぎのように感じたことがあった。
色々添削されているが、「もの言ひ」を「もの言ふ」と改めたところは見逃せない。「もの言ふ」には、「そよぎ」がずっと続いているような趣きがある。コメントでそこまでふれていないのは、その時々の作者の力量に応じてのことだろう。

恋ひながらいまだ行かざる遠山ををりをり淡き冬日が照らす　（原作）
恋ほしみていまだも行かぬ遠山ををりをり淡き冬日が照らす　（添削）

（評）一、二句、しっとりと運びましょう。

意味もなく行ってみたい場所がある。私にとって「遠山」もその一つ。そこは村の中から見える場所でもある。特別なものが建っているわけでもなく、周りの山々と何ら変わらないのだが、何故か私を誘って止まない。
「恋ひながらいまだ行かざる遠山を」には、しっとり加減が足りないと言う。「恋ほしみていまだも行かぬ遠山」と添削されたことで、歌にふくらみが出た。香気が増したと言ってもいい。表現や感覚の新しさを競うのもいいが、そのことによって歌の香気を失うようでは何もならない。大人の表現というものがもっと評価されるべきだと私は思っている。

吹かれきていま地に着きしもみぢあり秋のほろびの口火と思ふ　（原作）
吹かれきていま地に着きし紅葉ありもののほろびの告知と思ふ　（添削）

（評）下句、この位のことは言ってほしいですね。

赤く色づいた木の葉が散るのを見て、人は秋の始まりを感じる。「秋のほろびの口火」は、そのことを表現したつもりだった。自分では悪くない言い回しだと思ったのだが、添削されたものを読むと「なるほど」と思うのである。
「紅葉」と言っているので、「秋」と断わる必要はない。「口火」も嫌いではないが、どこか俗っぽさがあり、「告知」の方が引き締まる。先生はひら仮名を多用する人だったが、「もみぢ」を漢字表記にしたのは、「紅」を前面に打ち出すための手段であり、このことで歌の印象が深くなった。

さ夜ふけに目覚めて寝息聞きをればはるけきものぞ妻も子供も　（原作）
夜ふけに目覚めて寝息聞きをればはるけきものぞ妻も幼も　（添削）

（評）「サヨフケ」は語感が古いでしょう。「子供」より「幼」の方が、コトバの収まりよろしからん。


「サヨフケ」は古臭いし、「子供」という調べもよくない。「夜ふけ」「幼」は適切な添削だ。

ふと夜中に目が覚めると、妻と子供の寝息が聞こえてくる。その静けさには立ち入りがたいものがあって、人はおのおの〝個〟の存在であることを思わずにいられない。「はるけきもの」にはそうした意味が含まれている。

比較のために記すが、私の寺の境内に歌碑がある。〈さ夜中に狐の声を聞きにしがけさ鳥海の山に雪見ゆ（三浦橿）〉という一首が刻まれているが、この歌の「さ夜中」という歌い起こしは悪くない。

雪野より戻れるわれに生命を結びたること妻が言ひ出づ　（原作）
雪野より戻れるわれに新しきいのち結ぶと妻が言ひ出づ　（添削）

（評）「セイメイ」の音より「イノチ」の響きを尊びます。


寒の入りから立春までの一か月間、私は托鉢に出る。いわゆる寒修行だ。体調が悪ければ休むし、天気のいい日には散歩気分で出掛けることもあり、いたって気楽な修行である。

ある日、托鉢から戻ると、妻に懐妊を告げられた。初めの子が男だったので、とっさに女の子が欲しいと思ったが、後日その願いは叶った。

「新しき」という言葉は一層の喜びを打ち出している。先生には子供がいなかったので、ことのほか新しい「イノチ」に対する感慨が深かったのかも知れない。

あたたかき日々なれど回復は季に遅れて風邪癒えがたし　（原作）
あたたかき日々とおもへど回復は季に遅れて風邪癒えがたし　（添削）

（評）「ニチニチナレド」→「ヒビトオモエド」

「ニチニチナレド」は誤りではないが、歌言葉としてはどうだろうか、という問いかけである。歌の調べを考えれば、「日々とおもへど」が適切であろう。また「おもへど」には作者のこころがあり、おのずからなる親しみが出ている。
寒い時にひいた風邪がなかなか治らないことがある。「暖かくなれば直に良くなるだろう」と見くびっていると長引いてしまい、病院の世話になる羽目になる。「回復は季に遅れて」にはそんな事情が歌われている。

ばれし嘘あるいはばれぬ嘘の上ゆるやかにして日々過ぎゆけり　（原作）
露はれしまた露はれぬ嘘の上ゆるやかにして日々過ぎゆけり　（添削）

（評）「バレシウソアルイハバレヌ」は語感まことによろしからず。「アラワレシマタアラワレヌ」という言い換えを学んで下さい。

日々暮らしていれば、やむを得ず嘘をつかなくてはならない時もある。「嘘も方便」だ。嘘はばれることもあれば、時間の中に埋没するものもある。嘘の上に私達の生活が成り立っている、と言っても言い過ぎでないかも知れない。
「ばれし嘘」「ばれぬ嘘」の濁音の重なりは確かに耳障りだ。短歌の力量とは、歌意を通し、歌の姿や調べを整えるところにある。「言い換えを学んで下さい」という言葉はそのことを指している。

飲食をいとへるまでに衰ふと聞きて見舞ひにゆくをとどまる　（原作）
飲食をいとへるまでに衰ふと聞きて見舞ひにゆくを慎む　（添削）

（評）「トドマル」と「ツツシム」、語感の違いを学んで下さい。

知り合いの入院を知った。世話になった人なので見舞いに行こうと思ったが、すでに食事さえ喉を通らない状態だと言う。人相も変わっているに違いないし、何よりもそんな姿を見られるのも嫌だろう。結局見舞いにゆくのを止めたのだが、それからほどなく訃報が届いた。
添作の「ツツシム」には、言葉以上の配慮がある。思いやりと言ってもいいかも知れない。この一語により歌は品格を得た。品格の対義語は低俗である。低俗な面白さを好む人には、品格を理解出来ないが、それは品格を享受する能力がないからだ。

わが知らぬ生きざまそこにある如く森の向かうの森暗く見ゆ　（原作）
わが知らぬ生のありさまある如く森の向かうの森暗く見ゆ　（添削）

（評）「生きざま」は語感よろしからず。

森の暗がりや、海の底に異次元の空間を感じることがある。私達の想像の及ばない営みがあって、何ものかがひっそりと暮らしているような気がしてならない。
原作二句の「生きざま」はこなれておらず、大らかさにも欠ける。さらに、「そこにある」と調べ細かく言葉を重ねたのでは、意図するところが伝わりづらくなってしまう。そこで先生は「生のありさま」とした。ぎくしゃくした歌がしなやかになり、広く森全体の営みに目が向けられている。

憶測は数ありにしが失踪ののちの行方をこの頃聞かず　（原作）
憶測は数多ありしが失踪ののちの行方をこの頃聞かず　（添削）

（評）「数多（アマタ）」の一語で決まりましょう。


一人の友が行方不明になった。借金があったとか、家族との折り合いが悪かったとか、色々と噂は聞いたが、その真相は分からない。

「数多ありしが」と添削されて、一首が分かりやすくなった。「数多」は機能的で、原作の「数ありにしが」に比べると思いが深い。

歌を作るに当たって大切なのは、言葉を知っていることよりも、言葉を活かす工夫をするということでもある。

傍らに寝返りを打つわが妻の骨だし ぬけに鳴るはさびしゑ　（原作）
傍らに寝返りを打つつれあひの骨だし ぬけに鳴るはさびしゑ　（添削）

（評）三句、「つれあひ」以外の言葉は考えられませんよね。ギクリとするようなところあり。

たまたま寝返りを打った妻の骨が鳴った。本人は何ごともなかったように眠り続けていたが、真夜中のことゆえ、その音は大きく聞こえた。
三句の「つれあひ」だが、これ以外の言葉はない、と先生は言い切っている。意味や調べを考え、一番適切な言葉の組み合わせによって歌は成立するが、加えて言えば、言葉に具わる陰影を見抜く力も必要だ。「わが妻」と「つれあひ」は同じ意味だが、後者には夫婦の深い絆があり、陰がある。「わが妻」の小刻みな調べも欠点のひとつだ。

恩寵と思ひはたまた償ひとおもひて春のあめに濡れをり　（原作）
恩寵と思ひあるいは償ひとおもひて春のあめに濡れをり　（添削）

（評）「ハタマタ」は俗っぽいですよね。

「濡れたって構わない」。春の雨にはそう思わせる何かがある。冬を越えた安堵から来るのだろうか。一方で雨に濡れるという行為は、どこか自虐的な気持ちを伴う。その複雑な心境が、「恩寵と思ひ」「償ひとおもひて」であり、ここの箇所だけを取り上げれば、うまく言い得たと思っている。「はたまた」と「あるいは」はほぼ同じ意味であるが、「はたまた」はリズムが細かく俗臭がつきまとう。「あるいは」である必然はここにある。

漢語表現を用いる

朝掃きて夕べまた散るもみぢ葉の集まり寒し曇り移りて　（原作）
朝掃きて夕べまた散るもみぢ葉の集積寒しひくき曇りに　（添削）

（評）漢語の力というものあり。四句がそれです。結句、一寸おちつかないので…。


漢語使用の良し悪しについては色々言われてきたが、私の印象としては歌には馴染み難い気がする。佐藤佐太郎先生には漢語を取り入れた歌も多いが、言葉の目立つものもあって、すべてが成功しているとは思えない。添削の「集積」は言葉が目立たない。しかも「集まり」よりは集中力がある。

私の寺の境内には欅の大木があり、十月半ばから十一月の後半までは落葉掃除が日課となる。時には風に吹き寄せられて、ひとところに集まっていることもあり、そこに寒寒とした晩秋の日が差すと、まさしく歌のような光景になる。

原作の「て」の重なりは気になるところ。それに「移りて」と言って景を動かす必要もない。「結句、一寸おちつかないので…」は、そのことである。

毀れもののゆゑにわが身はかくのごと四月の晴れし一日を臥す　（原作）
毀れもののゆゑうつしみはかくのごと四月青天の一日を臥す　（添削）

（評）こういう歌は、キリッと仕上げないといけません。二句の工夫と、それに「シガツセイテンノ」の調べと。

人は病気をする。窓から見える青空や、外で働く人々の健やかな声を聞くと恨めしい気分になるが、生身である以上は仕方のないことだ。「毀れもの」は少し俗な表現だが、許容出来ないものではない。ただし「わが身」は稚拙。
「四月の晴れし」の、少し気の抜けた調べも、「シガツセイテンノ」できりりと引き締まる。時々定型にこだわるあまり、必要な助詞を省いている歌を見かけるが、「四月青天」の漢語は、それを逆手に取った表現と言っていい。

かたまりて水仙の咲く山畑の地のうへ一尺暮れのこりたり　（原作）
かたまりて水仙の咲く山畑の地上一尺暮れのこりたり　（添削）

（評）四句、こうしたら締まりましょう。

全てのものはそれぞれに夕暮れを迎える。最初に景色の暗い部分が影となり、その後、徐々に明るいものが暮れていく。掲出歌は山畑の水仙が暮れ残っている様子を歌ったものだ。畑土はすでに暗くなっているのだが、水仙の花群は「地上一尺」ほどの高さで、薄ぼんやりと見えているのである。上田三四二先生に「地上一寸の生」という言葉があるが、この歌にはその恩恵がある。
原作の「地のうへ一尺」の小刻みな調べは傷になっていて、こうした傷があると、読者は素直に感動出来ない。五七五七七にはおのずから備わったリズムがあり、それを最大限活かすのが歌を作る者の使命でもある。

川土手の桜の並木ことごとく落葉してゆふべ行く人を見ず　（原作）
川土手の桜の並木ことごとく落葉してゆふべ行人を見ず　（添削）

（評）黄落のあとの感情。結句、「ユクヒト」↓「コウジン」。

川土手の桜並木が「ことごとく落葉」する頃になると、そこを散策する人などほとんど見かけなくなる。この時季、秋田は時雨模様の日が続く。春には花を、夏には木陰の涼を、秋にはもみじを楽しんだ人の姿もなく、川土手は寂しい佇まいになる。
「行く人」と「行人」に意味の違いはないが、声にして歌を読み下した時、調べの違いに気が付くはずだ。短歌は意味が通ればよいわけではない。意味が通り、かつ調べを伴うことが大切であることはすでに何度も書いた。歌の調べは鞭のようにしなやかな時もあれば、硬質な息遣いの時もある。「行人」は後者であろう。

ありふれし死に呼び出されたる人に交じりて熱きみ骨を拾ふ　（原作）
ありふれし変事に集ひたる人に交じりて熱きみ骨を拾ふ　（添削）

（評）肝腎のところは、こうではないか、と。

親族など縁の近い人が亡くなると、そのみ骨を拾わなくてはならないこともある。何ひとつとして留まるもののない世の中にあって、「死」は普通の出来事に過ぎない。ある時、叔母が亡くなり斎場に出掛けた。私も含め、今、集まっている人達は、「死」に「呼び出され」てここにいるのだろうと思った。悪くない捉え方だと自惚れていたが、「死」という言葉が歌に馴染んでいない。「変事」の方がいいと先生は感じたのである。「熱きみ骨を拾ふ」があるので、「変事」が、人の死に係わることであるのは容易に想像出来る。短歌に言葉の制約はないが、歌言葉としてどうなのかを考えるのはとても重要だ。

水飲みて飢ゑをしのぎしものの末いまも貧しくこの峡に住む　（原作）
水飲みて飢餓をしのぎしものの裔いまも貧しくこの峡に住む　（添削）

（評）二句、「キガ」の音と字面を重んじて。「スエ」も同様に。

私の村の、その先の山間部には小さな集落が幾つかあって、僅かな田畑を守りながら生計を立てている。その暮らしぶりは質素だ。麓の村に比べると米の収量も少なく、作付けされる野菜の種類も限られている。昔はさらに厳しい生活を強いられ、水を飲んで飢えを凌いだ話さえ聞くことがあった。「「キガ」の音と字面を重んじて」とあるが、「飢ゑ」では出ない緊迫感があり、一層の貧しさを想起させる力がある。「裔」には、ただの子孫とは異なるイメージがあり、どうすることも出来ない血縁の業が滲み出ていよう。視覚から入ってくる力も見逃せない。

工事場の土のおもての凸凹を均して夜の雪降りそそぐ　（原作）
工事場の土のおもての乱雑を均して夜の雪降りそそぐ　（添削）

（評）「凸凹」を使うなら「凹凸」でないといけません。デコボコになってしまうでしょう。いっそ「乱雑」くらいに。

雪が積もることで、風景そのものが円かになり、街の雰囲気が優しくなったと感じる時がある。掲出の一首、工事場の土に降り注ぐ雪を見ての小感。重機や資材を運んだトラックの轍などで荒れた工事場に、夜の雪が降り積り、ほのぼのと柔らかな佇まいになった。興味本位で「凸凹」を使っているが、ここは「乱雑」の方がいい。先生は興味本位な表現を嫌ったが、それは俗調になることを恐れたからだろう。

初句の入り方

さゆらげるまま昏み来し実り田が月のひかりにまた浮かび出づ　（原作）
ゆれやまぬまま昏み来し実り田が月のひかりにまた浮かび出づ　（添削）

（評）初句をすんなりとさせます。いい光景でした。

私の住んでいる村を抜けると稲田が拡がり、その果てには鳥海山が聳え立つ。ある日の夕方、風に吹かれながら昏れてゆく実り田を見たが、日が暮れてふたたび同じ場所に立つと、月の光に照らされた実り田が、闇の中に浮かび上がるように見えていた。ほのぼのと白く、やはり風に揺れている。添削初句の「ゆれやまぬ」には、広々とした景を想い起こさせる力と時間の移ろいがある。原作の「さゆらげる」は工夫がなく、美しい光景を支えきれていない。言葉を選び取ることの大切さを教示する指導である。

年老いて逝きたるゆゑにこの家に悲しみあはく人らつどひ来　（原作）
ながらへて逝きたるゆゑにこの家に悲しみあはく人らつどひ来　（添削）

（評）初句でキマリ。佳什。

弔いの場所に集まっている人達の悲しみに、温度差を感じることがある。それは、生前の係り方の違いによるものだろう。永らく病んで亡くなった人の弔いには、〝安堵〟に似た思いを感じる時もある。そのことを責めるつもりはないし、それが偽らざる人情だろう。
原作初句の「年老いて」はあからさまな説明で、初心者にありがちな過ちと言っていい。先生は「ながらへて」とさり気ない歌い出しにした。「トシオイテ」と「ナガラエテ」では、後者の方がゆったりとしている。

うつしみを震はせて泣く幼児の視野の中にてわれ揺れゐんか　（原作）
からだごと震はせて泣く幼児の視野の中にてわれ揺れゐんか　（添削）

（評）複眼的な把握に共感します。

「うつしみ」と「からだごと」は、おおよそ同じ意味だが、後者の方が切実でかつ躍動感がある。何よりも体全体を使って泣いている幼児の様子が立ち上がってくる。特別なコメントはないが、一番適切な言葉を充てることの大切さを教えている。
泣きじゃくる幼児の視野の中で、揺れ動いているであろう自分の姿を、「複眼的な把握」と言って先生は褒めている。「複眼的」な視点を持つためには、想像力が大切であることは言うまでもない。

重なれる日々と言ひまた分ち合ふものともいひてわれとわが妻　（原作）
相寄れる日々と言ひまた分ち合ふものともいひてわれとわが妻　（添削）

（評）良き心理詠。初句、もう一工夫。

結婚してまだ間もない頃の作品だが、互いの存在に慣れはじめた時期に、夫婦とはこうして時を重ねていくものなのかと思う出来事があった。原作の「重なれる」は、互いの時間を重ねてゆくという意味だが、やや平板だ。それに比べると、「相寄れる」は柔かさに富んでおり、情愛を感じる表現である。余裕があると言ってもいいだろう。私達夫婦と先生夫妻の歴史の差が、こうした違いになって出たのかも知れない。

にこやかにうつる写真の一枚がつどふもののらの嘆きをさそふ　（原作）
ほほゑみてうつる写真の一枚がつどふもののらの嘆きをさそふ　（添削）

（評）初句のありようです。

葬儀の折、祭壇には遺影が飾られる。亡くなった人が生前自ら選んだ写真や、やっとの思いで遺族が探し出したものなど様々だが、比較的よく撮れている写真が多い。さらに気に入ったものを飾ってもらいたいと思うのであれば、あとはスタジオに出向くより他にない。僧侶の立場で言わせてもらえば、六十歳を過ぎたら、五年に一度くらいの間隔で写真を撮りたい。あまり高齢になってからのものは好ましくない。遺影は、溌剌としていた頃のものが良く、その人を思い出せるような写真でなくてはならない。
原作の「にこやかに」は曖昧。抽象化という言葉をよく耳にするが、詩的効果を狙った抽象化と、曖昧な表現とでは全く意味が異なる。抽象化と曖昧の違いの分からない人は多い。添削の「ほほゑみて」という具体によって、「つどふもののらの嘆き」はより深くなった。

枯れ乾く去年の花はそのままに紫陽花あはき新葉をひらく　（原作）
乾びたる去年の花はそのままに紫陽花あはき新葉をひらく　（添削）

（評）初句、ひとつのことでいいのです。二つ重ねるのは重くて不可。生物界の摂理。

多少のニュアンスの違いはあるが、「枯れ」と「乾く」は同義語と言ってもいい。枯れるのが先か、乾くのが先か、くらいの違いしかないし、歌い出しの言葉としては調べが細かすぎる。そこで「乾びたる」となる。こうなれば問題は一挙に解決する。
紫陽花は手入れを怠ると、翌年新しい葉が開く頃まで、乾びたまま花が残っていることがある。先生の言う「生物界の摂理」に過ぎないが、その時のちょっとした驚きを感じ取ってもらえば嬉しい。

過ぎなんとしつつ果敢なし人をらぬ家に電話の鳴る音聞こゆ　（原作）
たまたまに過ぎて果敢なし人をらぬ家に電話の鳴る音聞こゆ　（添削）

（評）一、二句確かに。

小路を歩いていると、ある家の中から電話の呼び出し音が聞こえてきた。しばらく鳴っているのに、一向に受話器を取る気配がない。きっと留守なのだろう。自分に係わりのないことなので気にする必要もないし、ほどなく忘れてしまうのだろうが、行き掛り上やはり気になってしまう。
「過ぎなんとしつつ」の歌い出しには唐突感があり、それゆえの不確かさがある。説明的な感じもある。「たまたまに過ぎて果敢なし」は、それらを解決する手段だ。

一句の働き

しづかなる闇にしあれどそこここに起伏あるごと蛍が飛べり　（原作）
しづかなる闇とおもふにそこここに起伏あるごと蛍が飛べり　（添削）

（評）こうすると、二句が働くでしょう。

初夏、私の家の回りには蛍が飛ぶ。市街地から離れているので、街灯も少なく、容易に見ることが出来る。蛍の明滅は不規則で、此処にいたかと思うと、思いもよらないところに移動する。まるで目に見えない起伏を乗り越えているような感じだ。
「闇にしあれど」は平板な表現である。「闇とおもふに」と添削されて、初夏の夜のふくよかさが出た。蛍の光の特色を言い得ていると思うが、どうだろうか。

こぞの花枯れて時ゆく紫陽花の枝に緑の芽がこぞり立つ　（原作）
こぞの花枯れてよしなき紫陽花の枝に緑の芽がこぞり立つ　（添削）

（評）二句でキマリ。これで歌が大きくなった筈。

紫陽花は枯れた花をつけたまま冬を越し、翌年、梅雨の時分に美しい花が咲く。それもまた枯れるが、中には、薄緑色に色づき、秋に第二の見頃となるものもある。
原作の「時ゆく」は曖昧だ。添削の「よしなし」は、「よしない」の連体形。ここでは「すべがない」くらいの意味で考えるのがよく、時の移ろいの果敢なさを裡に秘めた表現と言っていい。たった一語の添削だが、これだけをとっても、先生は簡単に追いつくことの出来ない存在に思えるのである。

逃げやすき姿勢崩さず鴉らがごみの袋に群がりてゐる　（原作）
逃げやすき姿勢のままに鴉らがごみの袋に群がりてゐる　（添削）

（評）二句、言いすぎ。すこし大づかみ位の方が働きます。

ごみの収集日には大きな袋が道端に置かれる。中には生ごみを詰めたものなどもあって、不衛生極まりない。こうしたものは、鴉などの恰好の餌になる。時には袋が破られ、悪臭を放っていることもあり、自治体によってはシートで覆ったり、金網などで頑丈な囲いを設けるなどの対策をしている。
ある朝、鴉がごみ袋をあさっていた。周囲を警戒し、何かあればいつでも飛び立てる姿勢である。原作二句の「崩さず」は言葉が生硬で、歌に馴染んでいない。動きがないと言ってもいい。初心のものほど言葉に頼りたがるが、表現の一番は、適切な言葉を、いかに定着させるかだ。「姿勢のままに」となれば、嫋やかでかつ言葉が目立たなくなる。

高層のビルをみてをりいささかの弛みもあらぬものと思ひて　（原作）
高層のビルふりあふぐいささかの弛みもあらぬものと思ひて　（添削）

（評）二句、より簡潔に。

「みてをり」は稚拙であり、「を」の助詞は緩みの原因になっている。下句の発想は悪くないと思うのだが、そこを活かしきれていないのは全て二句にある。
添削の「ふりあふぐ」には一瞬の動きがあり、その動きには「いささかの弛みもあらぬ」という感動を導き出す緊張感がある。「思ひて」という結句が定着しているのは、そこに至るまでの表現による。「て」で歌を結ぶことを良しとしない人もいるそうだが、結果としてうまく納まっていればそれでいい。

あきらかに過去より届くかがやきと思ひて冬の星をあふぎつ　（原作）
あきらかに劫初より来るかがやきと思ひて冬の星をあふぎつ　（添削）

（評）二句が最大のポイントでした。

冬の夜空に輝く星は、冴え冴えとして美しい。しかし、その光は〝今〟のものではない。遥かな歳月を経て、ようやく届いた「かがやき」である。原作の二句にその思いを込めたのだが、軽く流れてしまっているのは「過去」という発想が月並みだからだ。「劫初」の一語よって歌の雰囲気が変わったのは、その言葉が持つ闇の感覚によるものだろう。「届く」が「来る」に言い換えられている。単に七音を守るための手段だったのかも知れないが、結果として遥かな時空間が表現された。

抱かれてともに眠れるかかる夜をわが少年はのちに思はん　（原作）
抱かれて互みに眠るかかる夜をわが少年はのちに思はん　（添削）

（評）二句、なだらかに。この節調は一首全体にかかわる筈。

「トモニネムレル」と「カタミニネムル」では調べの緊密度が違う。わずかな言葉の差し替えで、歌が変わるのはよくあることだが、そうでなくては添削の意味がない。原作の「抱かれて」と「ともに」には矛盾を感じるが、先生もそのことに気が付いていたのだろう。
「わが少年」は長男。二歳下に妹がいたため、母親から早く離され、私と寝ることもあった。懐かしく思って息子に聞くと、「知らない」と一蹴されてしまった。

為しかけのままなるものの身にあふれ青葉騒だつ六月となる　（原作）
為しかけのままのことども身にあふれ青葉騒だつ六月となる　（添削）

（評）六月の感情が有り。二句、もう少しこなしましょう。

「ことども」はなかなか出てくる言葉ではない。言葉に対して鋭敏でなければまず思いつかないだろう。先生は「こなしましょう」と簡単に言いのけているが、ここに至るまでには相当の修練が必要であり、かつ多くの言葉を知っていなくてはならない。
特別な歌材ではないし、「青葉騒だつ」など、むしろ気分の先立つ作品だが、さして意味のないものが輝きを放つ〝詩〟に生まれ変わるのも短歌の魅力である。

この日頃太りしわれとみづからが思ひゐるとき友の言ひ出づ（原作）
この日頃やや太り来とみづからが思ひゐるとき友の言ひ出づ（添削）

（評）二句、一寸猶予をおきたいところ。

最近、ベルトやズボンがきつくなってきて、どうやら太ったようだと思っていると、人に指摘されることがある。もちろんその逆もあるわけで、意外に多くの人が似たような経験をしているに違いない。
原作の「われとみづから」には、工夫の跡が見られるものの、回りくどい表現になっており、必要以上に抑揚が出てしまった。「一寸猶予をおきたい」と思うのは当然だろう。「やや」は深い意味を持つ言葉ではないが、作品に「猶予」を生み出す働きをしている。

眠りより目覚めて時のなきごとき闇にしばらく目を開きゐつ　（原作）
眠りより覚めて時間のなきごとき闇にしばらく目を開きゐつ　（添削）

（評）結句に「目」が出ていますし、二句こんな具合にしたら如何。

「目」の重複、こんなことにも気が付かなかったのかと思うと情けない。「目」をひとつ削除しただけで、歌が伸びやかになった。
ふと夜中に目覚めて明かりを灯し、時間を確かめた経験は誰もがあるだろう。眠っている間、私達は時間から離れている。二、三句の「時間のなき」はそのことを言ったつもりだが、どうだろうか。最近は電化製品が多くなり、蓄電器の小さな光によって、寝室も真っ暗ではなくなった。

句またがり

思はざるときに鳴りたる骨の音わが身よりたつゆゑ怪しまず（原作）
あけくれのはずみに骨の音すれどわが身よりたつもの怪しまず（添削）

（評）律動を尊びます。着眼、大いによろし。

着眼は認めながら、「律動」が悪いと先生は言っている。歌は意味が通ればいいわけではなく、出来上がった姿が美しくなければならない。初句から二句に、四句から結句のふたつの句またがりが律動を悪くしている原因だ。「骨の音」の三句切れは強く響き、「ゆゑ」も理に落ちている。「思はざるとき」は漠然としていて、添削の『あけくれのはずみ」には到底かなわない。身体を動かした弾みに骨が鳴るのはよくあることで、みずからの音であればさして気に止めることもなく過ごしている。

生と死の境にねむりゐる人のかかる脳裏にたつものは何　（原作）
生と死の境におちてねむりゐる人の胸裏にたつものは何　（添削）

（評）「脳裏」ではストレートなので、「胸裏」くらいがいいでしょう。

「生と死の境」とは、昏睡状態にあるものの例えである。そうした人を見ながら、実は身体が反応しないだけで、ひょっとしたら意識があり、何か考え事をしているのかも知れないと思うことがあった。原作、初句から三句にかけてのリズムが小刻みである。句またがりが原因だ。添削では「かかる」を削り、「おちて」に改められたが、この表現は見事である。「生と死の境」の有りようを摑んでいると言っていいだろう。「脳裏」のあからさまなる表現が、「胸裏」によってやわらいだ。「生と死の境」にある人への、おのずからなる〝思いやり〟とも言える。

おもふさま階下に遊びゐる子らのこゑ静まればひとり怪しむ　（原作）
おもふさま階下に遊ぶ子らのこゑ静まるときに怪しむわれは　（添削）

（評）こうすると少しひろがりが出ましょう。

原作の「こゑ静まれば」がいささか説明じみていて、添削はここを如何にするべきかというものだったに違いない。二句から三句にかけての句またがりも緊密感に欠けており、添削ではそこも整えられた。
わが家の子供は二つ違い。歳が近いので二人で遊んだ。声の聞こえている間はいいが、それが聞こえなくなると秘かに悪さをしていることも多く、要注意だ。そんな時には仕事の手を止め、様子を見に行くのだが、案の定、悪戯をしていることも度々だった。

地下駅の階段のぼりゆくわれをめぐりて雨の匂ひ濃くなる　（原作）
地下駅の階のぼりゆくみづからをめぐりて雨の匂ひ濃くなる　（添削）

（評）二句、三句の句割れを防ぐためもあって…。

自分の添削詠草を読み直して思ったのは、二句から三句にかけての句またがりが多いことである。これはひとつの癖であり、形になってしまっているかも知れない。上手く嵌まった時はそれなりの効果を上げるが、どちらかと言えば、調べが細切れになってしまうケースが多いようだ。
原作にもそうしたきらいがある。添削の「みづからを」は、さり気ない表現だが、歌の姿を整える大きなポイントになっている。「雨の匂ひ」を大仰に思う人もいるだろうが、それは雨の降る街の匂いでもある。

夜おそく日記をしるすことさへもあるいは多事のひとつならんか（原作）
夜々におそく日記をしるすさへあるいは多事のひとつならんか（添削）

（評）「さへも」の「も」が気になります。そこを消すための一工夫です。

かつて日記をつけていた時期があった。その日の出来事を簡単に記すだけなのだが、毎日となると骨の折れる仕事である。忙しく過ごしていると、つい書きそびれてしまい、三日も経つと、その日の出来事が思い出せない。日記帳には空白が増え、おのれの怠惰を見せられているようで、いつの頃からかやめてしまった。さらに言えば、過去が現在の自分にさしたる影響を及ぼさないと感じたことも理由のひとつである。時々後悔するが、今更再開する必要もなかろう。原作、「も」が煩わしい。「多事」を活かすための表現だが、説明的である。また、「こと」が消えたのも大きい。「ヨルオソクニッキヲシルスコトサエモ」、「ヨルヨルニオソクニッキヲシルスサエ」を比較すると、後者の方が大らかだ。

破調の可否

谷ひとつへだてて遠き鉄橋を量感とぼしく貨車わたりゆく　（原作）
谷ひとつへだてて遠き鉄橋を量感のなく貨車わたりゆく　（添削）

（評）　四句が問題。定型を守れます。

貨車が鉄橋を渡ってゆく様子を詠んだものである。「谷ひとつへだてて」遠くに見えているので、さながら無声映画のようでもあり、貨車からは重さを感じなかった。それを私は「量感とぼしく」と表現したのだが、先生は「量感のなく」と改めた。絶対の決まりである「定型」を守れというのだ。先生は必然性のない破調を嫌った。
また、八音の「四音・四音」のリズムは歌を壊す要因にもなる。ある時、尾崎左永子先生が呟くように言った言葉だが、ずっと私のこころに残っている。

針のごと痩せ衰へしと聞きにしがひと月ののちその喪に集ふ　（原作）
針のごと痩せ衰ふと聞きにしがひと月ののちその喪に集ふ　（添削）

（評）二句、定型可能です。これで整いました。

ある時、同級生が入院していることを聞いた。早速見舞いに行こうと思ったのだが、末期の癌で、「針」のように痩せ細っていると言う。病んでいる人だって、そんな姿を知り合いに晒すのは耐え難いだろうと思い、見舞いを見合わせていると、ひと月ほどして訃報が届いた。
二句、定型になったことで歌の印象が変わった。ただたどしさが消え、悲しみがダイレクトに伝わってくる。命に対する尊厳が加わったとも言えよう。

すこやかに寝息をたててゐる吾子よやがて争ふ時いたるべし　（原作）
すこやかに寝息をたててゐる吾子よ争ふ時のやがていたるべし　（添削）

（評）下句、ちょっと差し替えてみました。結句、あえて一音残して。

添削によって破調になった。先生はとりわけ歌の姿を大事にする人であり、「定型」の意味を深く理解していた。その先生が、何故、と思うのだが、答えは簡単だ。〝形式的基準〟を越えた必然性を感じたからである。
「やがていたるべし」の八音には深い詠嘆がある。親に守られて過ごしている「吾子」にも、やがて自我が芽生え、口答えをするようになるだろう。世代や考えの違いから、「争ふ」ことだってあるに違いない。その重苦しさを八音に込めているのである。

あたたかき雨よろこびて地の底に数限りなくものら動かん　（原作）
あたたかき雨をよろこびて地の底に数限りなくものら動かん　（添削）

（評）二句の破調は、一首全体から推して必然性あり、と言うわけです。

「雨をよろこびて」の破調は、上滑りしそうな調子をしっかりと抑え、思いを歌に定着させる効果がある。言葉に対する繊細な感覚がなければ見過ごしてしまう。この歌の「雨をよろこびて」の八音には、斎藤茂吉の〈のど赤き玄鳥ふたつ屋梁にゐて垂乳根の母は死にたまふなり〉の「玄鳥（つばくらめ）ふたつ」に通じるものを感じると言えば、あまりにも不遜だろうか。
私は定型を守ることの大切さを徹底的にたたき込まれた。もちろん破調を認めないわけではないが、破調は定型に依拠する存在であるという考えはこれからも変わらないだろう。

面影のよみがへりくる人ながら時経てすでに名前忘るる　（原作）
面影のよみがへりくる人ながら時を経てすでにその名忘るる　（添削）

（評）縹渺たる一首。四句、一音余して。結句、しらべを深く。

久しぶりに会った人の名前が出てこないのは誰もが経験するところ。見覚えはあるのだが、名前が出ずに失礼をしたりする。挨拶を交わしながら、相手も同じような気持ちでいることを感じる時もある。
掲出歌、場面は異なるが、似たような思いを詠んだもの。「四句、一音余して」とあるが、原作の「時経てすでに」の軽い調子を正すための手段だ。「名前」よりは「その名」の方がさりげない。

決断のつかぬ思ひに夜半さめてさしても長くなき爪を切る　（原作）
決断のつかぬ思ひに夜半さめて切る爪はさして長くもあらず　（添削）

（評）こういう、いくぶん屈折したところは、ことばもいくらか想いに沿うように運びましょう。

色々と思い悩んでいるうちに寝そびれてしまい、しょうがないので起き出して爪を切った。内容としてはそんなところである。「さしても長くなき爪を切る」に、作者の思いを感じてもらえればありがたい。その思いは「屈折」していて、屈折したものは屈折したまま歌えと先生は言っている。四句の破調はその表現だ。原作は順を追って言葉を並べたに過ぎず、漫然とした歌になってしまった。添削では下句にひねりが入れられ、「爪」にポイントが当てられている。

予期せざる人の死なればどの人も驚きののちその因を問ふ　（原作）
予期せざる人の死なれば誰も誰も驚きののちその因を問ふ　（添削）

（評）「どの人も」は弛緩します。

同級生が亡くなった。進行の速い癌で、病気が見つかって間もなくこの世から去っていった。生前、関わりの深かった友人達で、生花を献じようということになり、私がその連絡係りを引き受けた。電話をかけて事情を話すと、誰もが驚きの声をあげ、一瞬間をおいて原因を聞く。その様子を歌ったものである。
「どの人も」では「弛緩します」という指摘は正しく、事の重大さの割には、歌に重みがない。「誰も誰も」の破調は、歌に緊張感をもたらしている。

倒置法の可否

かがよへる秋天の下しづけさのみなもとのごと手斧は冷ゆる　（原作）
かがよへる秋天の下しづけさのみなもとのごと冷ゆる手斧は　（添削）

（評）結句は倒置して息づかいを深めましょう。

冴え冴えと晴れわたった秋の日、農道に手斧が置かれていた。持ち主が忘れていったわけではなく、仕事の途中でたまたま置いているだけだ。都会ではあり得ないだろうが、田舎では驚くほどの光景ではない。その鋼の手斧の鈍い輝きに、私は「しづけさ」を感じた。
添削は、五句の言葉の倒置だけである。情景描写に過ぎない「手斧は冷ゆる」が、「冷ゆる手斧は」になったことで、深い息づかいが出た。言葉を鍛えあげた人だけにしか分からない呼吸だが、先生の言う「息づかいを深めましょう」とはこうしたことである。

自転車の荷台に乗れる四歳のわれにひと世の記憶始まる　（原作）
自転車の荷台に乗れる四歳のわれに始まるひと世の記憶　（添削）

（評）下の句の倒置、確かに言うための工夫です。

誰にでも人生初めての記憶がある。私のそれは、父の自転車の荷台に乗っている自分の姿だ。ひょっとすると思い違いかも知れないが、確かめるすべもない。交通整理をしていた警官に、自転車の二人乗りを咎められたのを覚えている。親子の二人乗りなど咎める必要もないのだろうが、職務に忠実な警官だったのだろう。
原作のままでも歌意が通らないわけではないが、「ひと世の記憶」で五句を結んだ方が「記憶」にポイントが当たる。「確かに言うための工夫」とはこのことだ。

潮風にさやぐ岬の木々のなかこゑを惜しまず春蟬の鳴く　（原作）
潮風にさやぐ岬の木々のなか鳴く春蟬のこゑを惜しまず　（添削）

（評）下の句はこのように。

先生は「このように」としか言っていない。当時の自分にその意味が理解出来たかどうかは別にして、今ではその違いが分かるようになった。音を立てながら潮風に揺れる木々の中から、春蟬の声が聞こえてくる。特別な情景ではないが、悪くない把握だと思う。
四、五句を倒置して「こゑを惜しまず」で結ぶと、春蟬の精一杯がより強く伝わってくる。語順のやり繰りだけで歌が大きく変わった好例だ。作者の希望を言えば「春蟬」は「しゅんせん」と読んでもらいたい。調べにキレが出る。

あらためておのれのいのちおもふかなただただ苦し胃薬のめば　（原作）
あらためておのれのいのちおもふかな胃薬のめばただただ苦し　（添削）

（評）下句、倒置する必然がありません。

普段、健康に過ごしていると、そのありがたさに気付かない。私は胸やけを起こす質で、胃薬の世話になることも多い。今の胃薬はさほど飲みにくくないので、「ただただ苦し」は大袈裟だが、一首のお膳立てとしての表現であって、気にするほどでもないだろう。薬を飲む行為によって「いのち」の有りようを実感するというのも分かってもらえるに違いない。
四、五句は順直に読み下したほうがいい。「倒置する必然」がないのはその通りで、三句で切れて、四句で小休止するのは煩わしい。

順番を待てる人らに一部始終見られてわれは通話を終えつ　（原作）
通話する一部始終を見られたり順を待ちゐる人らのまへに　（添削）

（評）原作、少しくギクシャクしていましたから…。

「ギクシャク」する原因は、定型に納まっていないためであり、また、歌い出しの「順番」という言葉も目立ち過ぎる。原作が報告的なのは、事柄を追っただけの平板な表現になっているからだ。そこで上句と下句を倒置したのだろう。上句と下句を倒置するだけで、歌に生彩が加わるのはよくあることだ。
携帯電話の普及で、最近は公衆電話を見かりなくなった。ましてその前に人が並ぶことなどはないだろう。

逆接を順接に

かつてわが思はざりしが父母のなきのちのこと折々おもふ　（原作）
かつてわが思ひみざりし父母のなきのちのこと折々おもふ　（添削）

（評）二句、逆接のかたちでないほうがよろしいでしょう。


いつの頃からか親の非在を思うようになった。高齢の親と暮らしていれば誰もが思うことだろうが、若い頃の私には、親のいない日常など想像しがたいものであった。親に甘えることに慣れていたからだろう。幸い、私が五十歳を越えるまで両親は長生きしてくれたが、今にして思えば、何よりの〝子供孝行〟であった。

二句の「思はざりしが」は、拵えもののような感じがあって小賢しい。短歌の表現は端的を良しとする。

父が亡くなって十年。母が亡くなって七年になる。二人とも無常の理に従ってこの世から去っていった。

わがこころ誘ひゐしが青空のカイトが不意に地のうへに落つ　（原作）
わがこころ誘ひゐたる青空のカイトが不意に地のうへに落つ　（添削）

（評）二句はストレートに歌い下しましょう。四句の「が」とも連動して不具合でもあります。

冬の青空にカイトが浮かんでいた。悠々と舞う様子を見ながら私のこころは空に遊んだ。ところがある瞬間、バランスを失ったカイトは真っ逆さまに地上に落下し、私はうつつに引き戻された。
原作の「誘ひゐしが」の逆接的な表現がわざとらしいのは指摘の通り。「ストレートに歌い下」すことによって、青空に浮かぶカイトのおのずからなるおおらかさが表出し、さらには「が」の重出による声調の不具合も解消した。

閃きし雷にかかはりあらねども水槽の魚ひるがへりたり　（原作）
閃きし雷にかかはりありやなし水槽の魚ひるがへりたり　（添削）

（評）「あらねども」ときまりをつけぬこと。

雷が閃いた瞬間、水槽の中で魚が翻った。雷光と魚の行動を逆接的に意味づければ詩になると考えたのだが、先生は否定した。「きまり」とは思い込みであり、思い込みは、独りよがりに繋がると言いたかったのかも知れない。
独りよがりは俗に陥ってしまう危険性をはらむ。「短歌は俗を嫌う」という言葉は、先生がいつも言っていたことだ。俗は努力を必要としない。努力を必要としないから楽しいのだという意見もあるだろうが、無様な自分が定着されて残るのは耐えがたい。

リフレインと重複

卯の花はぬかるみに降りぬかるみのさきの小暗き泉にも降る　（原作）
ぬかるみに降る卯の花はぬかるみのさきの小暗き泉にも降る　（添削）

（評）この起句には構えあり。二つの地点を結ぶための工夫。

「構えあり」は、自然でないということだ。添削歌、二つの「ぬかるみ」の間にはさむことで「卯の花」を際立たせている。また「卯の花」と「降る」は、語順の上で繋る必要がある。
あまり人の通らない山道で卯の花の落花を見た。そこはぬかるんでおり、その先を覗いてみると泉があって、やはり卯の花が散っている。歌を作り始めると、ものを観察するようになる。あえかな卯の花にこころが動き、人知れず湧く泉に感動する。こうしたことも歌を作る恩恵と言える。

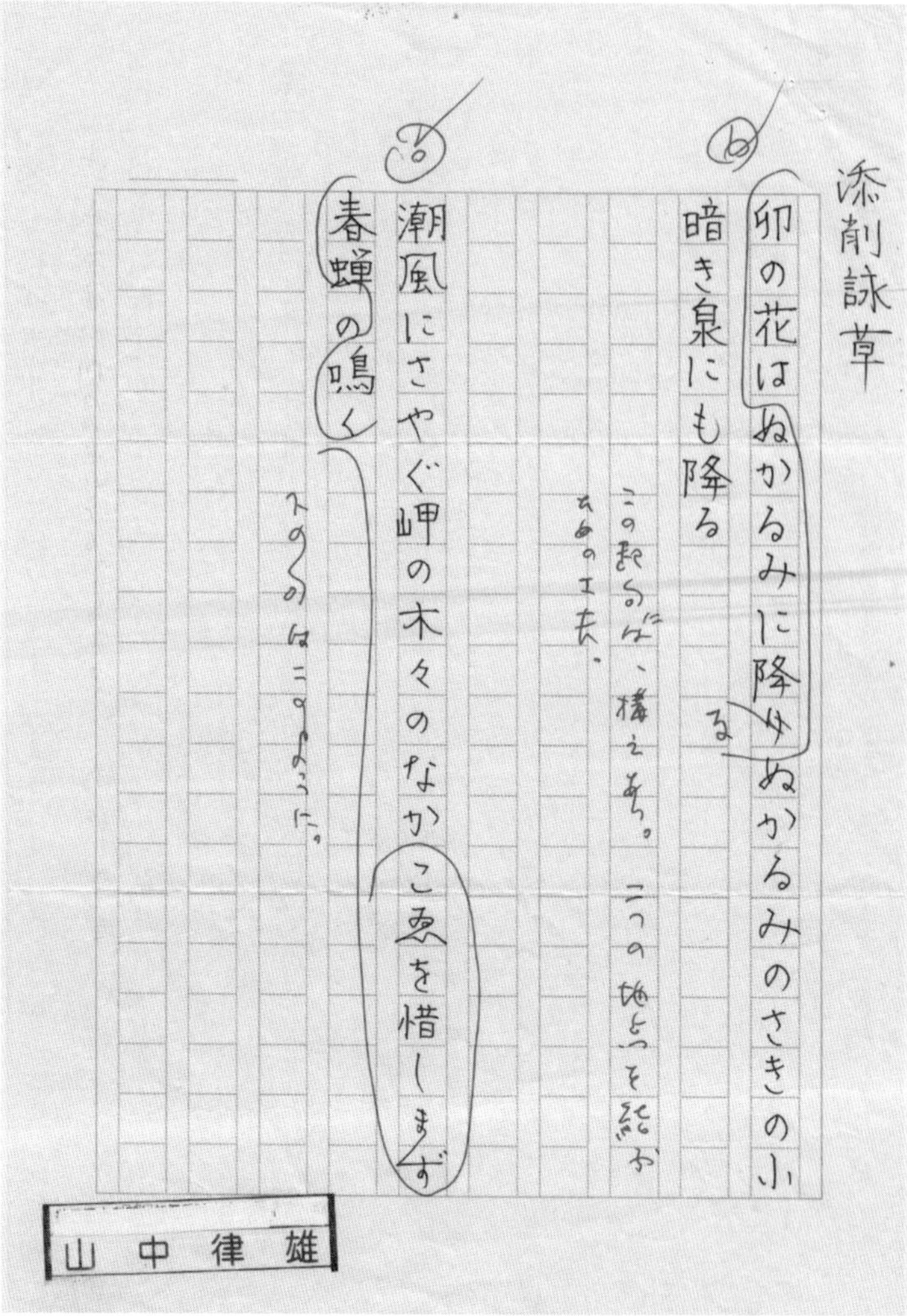
添削詠草
卯の花はぬかるみに降りぬかるみのさきの小暗き泉にも降る
る
この歌には、構えあり。二つの地点を結ぶための工夫。
潮風にさやぐ岬の木々のなかこゑを惜しまず
春蟬の鳴く
下の句はこのように。
山中律雄

時を待つ感じに暗き水ありて動くともなし木下のみづは　（原作）
時を待つ感じに暗き水ありて動くともなし木群の下に　（添削）

（評）「水」のリフレインは、必ずしも成功していません。

雨が降った後、思わぬ場所に水たまりが出来ていることがある。雨水のたまった林は、ただ静かで、人間の世界とは別の「時」が流れているようでもある。
「水」のリフレインは、歌の調子を落としており、計らいすら感じる表現で、「必ずしも成功していません」という先生の言葉通りだ。計らいは不感動の源である。「時を待つ感じ」「動くともなし」を活かすのに「水」を重ねる必要はなく、まのあたりの「木群」によって、情景のはっきりした一首になった。

うからの墓に寂しく降る時雨わが死後われのうへにも降らん　（原作）
うからの墓に音なく降る時雨死後にはわれのうへにも降らん　（添削）

（評）「寂しく」は情緒過剰。「わが」「われ」の重なりは不手際でしょう。

わが家の裏山に先祖の墓がある。ある日、出掛けてゆくと、墓は時雨に濡れて寒々と光っていた。「いつか私もここに納められ、雨や雪に濡れることもあるのだろうか」と思ったら少し寂しくなった。原作の「寂しく」は安易で気分過剰だが、添削の「音なく」は具体的であり、沈潜された静けさがある。
「わが死後われの」という韻の重なりも、やや興味本位の表現と言える。この歌の内容で韻にこだわらなければならない要素などない。

ほのぼのとひかりを放つ雪の野の光りのなかに雪は降りつむ　（原作）
ほのぼのとひかりを放つ雪の野のひろがりのなか雪は降りつむ　（添削）

（評）「ひかり」と「光り」、意識して重ねたとしても、成功とはいえません。

「ヒカリ」と「ユキ」の重なりには作為が感じられる。内容を求めるような歌ではなく、言葉を楽しんでいるといった一首だが、「光り」が「ひろがり」に代えられて景がはっきりした。原作のままでは情景が曖昧だが、「ひろがり」としたことで、「雪の野」の広々とした美しさが浮かんでくる。
言葉あそびに近いものであっても、景や思いが具体的に伝わらなくてはならないという戒めの含まれた添削だ。

街灯の灯の及ばざるひとところ君と短き口づけをする　（原作）
街灯の明かり及ばぬひとところ君と短き口づけをする　（添削）

（評）「甘美なる情調」は、歌の成立要件のひとつと考えるので、受け止めます。
「灯」の重なりは不手際。

「「灯」の重なりは不手際」という指摘はその通りであり、また「ヒノオヨバザル」と「アカリオヨバヌ」では、そもそも調べが異なる。後者がゆったりしているのは、「三音＋四音」の韻に依るのかも知れない。五句三十一音は短歌の条件であるが、形式さえ満たせばいいというものでもない。
「「甘美なる情調」は歌の成立要件のひとつ」だが、このような作品が私に少ないのは、気恥ずかしさが先に立ってなかなか歌えなかったからだ。もう少し作っておくべきだったと後悔している。

青天の空よりくだり来る鳥の土近くして声の乱るる　（原作）
青ふかき空よりくだり来る鳥の土近くして声の乱るる　（添削）

（評）「青天の空」は、どうしたっておかしいでしょう。

「青天」と言っておきながら、改めて「空」と言うのは凡ミスだ。初心の頃は、このようなことになかなか気が付かないものである。「青ふかき空」であれば、言葉の重複がなくなるし、空の深さも表現される。
ある朝、境内を歩いていると、小鳥が啼きながら空から降りてきた。特別な光景ではないが、着地の直前に鳥の声が乱れた。「土近くして声の乱るる」は、その場面を捉えたものである。地に降り立つときの緊張感が、声の乱れを誘ったのかも知れないが、もしかすると、詩を作る人以外には聞こえない声かも知れない。

口づけしのち抱き合ひてしばしをりせせらぎの音聞きゐるごとく（原作）
口づけしのち抱き合ひてしばしをりせせらぐ水の音聞くごとく（添削）

（評）「をり」「ゐる」は、気がついてもらいたいところ。下句、若干気分的です。きっちりと詰めたほうがいいでしょう。

「をり」「ゐる」は同義語で、そのくらいのことは「気がついてもらいたい」というのである。「せせらぎの音」は、現実の音でないため、具体が立ち上がってこない。そこがいいと言う人もいるだろうが、「せせらぐ水の音」と表現することで、感覚的に訴えるものを出そうというのが添削の狙いだ。
私は二十五歳で先生の膝下に加えてもらったが、親子ほどの年齢の差もあって甘やかされて育てられた。その頃の歌である。

灯を分かち臥床に本を読みゐしが疲れゐる妻たちまち眠る　（添削）
ひとつ灯に臥床に本を読みたるが疲れゐん妻たちまち眠る　（添削）

（評）「ゐし」「ゐる」はよろしからず。全体をこなしましょう。

どちらかと言うと妻は早寝早起きで、私が布団に入る頃にはすでに寝ていることが多い。たまに一つのスタンドで一緒に本を読んでいても、その灯りを消す前には眠ってしまう。昼中は家事や寺務があり、疲れているのだろう。
「ゐし」と「ゐる」の重なりは不徹底だ。さらに言えば、「ゐる」は、断定が強いかも知れない。落としどころとして推量「ゐん」は手ごろな表現だ。「全体をこなしましょう」とあるが、一首全体のバランスのことを言っている。

連れ合ひに残されしのち四十年耐へ来し叔母が今病みて臥す　（原作）
連れ合ひののち残されて四十年耐へ来し叔母が今病みて臥す　（添削）

（評）生の命運を伝えて哀切。「し」の重複はどうにかしましょう。

叔母は四十代に連れ合いを失った。その連れ合いの経営していた会社を引き継いだのだが、素人が出来るほど簡単なものではなく、オイルショックのあおりで倒産した。その後、別の土地に移り住んだが、齢を取ってからの転居であり、一人の知人もいない暮しは寂しかったに違いない。程なくして叔母は認知症を患った。何度か見舞いに出掛けたが、訪ねる度に小さくなってゆく姿に涙が止まらなかった。「し」の重複は読者の鑑賞を阻害する要因になっている。

いつよりの慣ひならんか眠らんとしてたひらけき水面を想ふ　（原作）
いつよりの慣ひなるべし眠らんとしてたひらけき水面を想ふ　（添削）

（評）深層心理の領域か。「ならん」「眠らん」とつづくのは不得策ゆえ。

今でもそうだが、静かな水面を思いながら夜の眠りを待つことがある。みずうみに拡がってゆく水紋や、月の光に照らされる沼の景観など、音のない清らかな世界は、私を心地よい眠りへと誘ってくれる。
「ならん」と「眠らん」の並列は配慮に欠ける表現だ。「どうしようもないな」という先生の嘆きが聞こえてきそうでもある。人にとっては取るに足らない歌材だが、こうしたものでも私には歌う意味がある。

単純化あるいは没すべき細部

高原の宿にねむりし夜はあけて草の香のする牛乳を飲む　（原作）
高原の一夜はあけてすがすがと草の香のする牛乳を飲む　（添削）

（評）「宿にねむりし」は没すべき細部でした。当たり前のことは省くべし。

子供達が幼い頃、一度だけ高原のペンションに泊まったことがある。平日だったため、客は私達親子のみで、それもまた幸運だった。朝の食事に出た牛乳は濃厚で、草の香りが立ち上る感じさえしたが、それは非日常の経験がもたらす特別な感情だろう。
「宿にねむりし」は些末的で「没すべき細部」である。「一夜はあけて」の単純化が、「草の香のする牛乳」に息吹を与えている。言葉が足りなくなったところを「すがすがと」で補ったことにより、爽やかな高原の気分が加わった。

自動ドア開きて部屋に流れ来し風はこまかき雪をともなふ　（原作）
自動ドア開きしときに流れ入る風はこまかき雪をともなふ　（添削）

（評）「部屋に」は実際でしょうが、そうすると歌が小さくなります。「流れ来し」ではなくて「流れ入る」でしょうネ。

自分の歌については、どのような状況にあって作ったものかほぼ覚えているのだが、この歌に関してはその背景が思い出せない。雪が直接吹き込んでくる部屋だとすると、事務所のようなところだろう。場所を限定することで、歌が「小さくなる」ことはよくあるが、「部屋」という表現にはそのマイナス要素がある。そもそも「雪」が主眼なので、場所を述べる必要はない。
歌を始めて間もない頃には、「丁寧に観て、丁寧に詠む」ことを教えられたが、その後、「丁寧に観て、大きく詠む」ように言われた。「大きく詠む」とは、「単純化」のことだが、それがなかなか出来ないのである。

いづみよりあふれて沢を流れくる光のままの水を手に受く　（原作）
いづみよりあふれてただに流れくる光のままの水を手に受く　（添削）

（評）「沢」という限定は、歌を狭くしてしまいました。水の状態のほうにこころを向けます。

私の家から山道をのぼっていくと、何か所か泉の湧き出ているところがある。泉をあふれた水は、細い流れになって沢を下ってゆく。時には手の平に掬ったりすることもあるが、清らかな水はそのままが光のようでもある。
この歌の眼目は「水」だ。その美しさを最大限生かすのに「沢」は邪魔になる。場所の限定が煩わしく、空間的な拡がりを阻害する。沢を削ることで、歌の背景に澄明な世界が拡がった。

水底をのぞきてゐたる少年が日にひかる糸たぐり始めつ　（原作）
水底をのぞきてゐたる少年がきらめく糸をたぐり始めつ　（添削）

（評）「ヒニヒカル」は細かいですね。印象鮮明。感覚しなやかで佳。

他者の視点で歌っているが、本当を言えばこの歌の「少年」は自分のことである。ある時、手に持っていた釣り竿に強い引きを感じた。あわてて水の中を覗き込むと大きな鯉がかかっており、糸が切れないよう慎重に手繰り寄せた。その時の感動は一生残る喜びになった。
「日にひかる」は言葉が細かく、作為がある。「きらめく」という言葉を嫌う人もいるだろうが、使い方次第ではうまく納まる。

十年をへだてふたたび読む本の登場人物われより若し　（原作）
十年をへだてふたたび読みしかば登場人物われより若し　（添削）

（評）全体から推して「本」は必要ないでしょう。

一度読んだ本を再読したとき、登場人物が自分より年下になっていることがある。テレビの再放送を観ていても同じような経験をするが、人は、自分が歳を重ねているのを忘れがちだ。
「ふたたび読む」と言っているので、歌の内容が「本」であることは容易に推し量れる。推し量れるものを細々と言う必要はない。なぜならば説明になってしまうからだ。端的に表現することを単純化と言うが、歌は単純なほど、読者のこころに沁みる作用がある。

留守の間に届く必定知りながら返事の手紙ポストに落とす　（原作）
留守の間に届く必定知りながら返事を書きてポストに落とす　（添削）

（評）「手紙」の語はうるさい位。ここをうごく言葉に変えるともうひとつ弾んできます。心理過程が出ています。

「ポスト」と言っているので、「手紙」は必要ない。「うるさい位」の指摘はそのことである。「書きて」はさりげない添削だが、これは相当の修練があってのものである。「知りながら」「書きて」「落とす」の繋がりによって、作品には一連の動きが生まれる。言葉が動くことにより、歌もこころも動くのである。留守の間に届くことを知りながら、あえて手紙を投函する意味を、「心理経過が出ています」と褒めているが、たまたまうまくいったに過ぎない。

黒がねのごとき濃き影重たけれテニスボールは灯の下にあり　（原作）
くろがねのごとくに影の重たけれテニスボールは灯の下にあり　（添削）

（評）二句の調べ、お考え下さい。

卓上にテニスボールが置かれている。黒々とした影はさながら鋼鉄のようであり、重量感さえ感じる。「重たけれ」はその修辞だ。添削では「濃き」が削除された。「黒がね」「重たけれ」と言って、その上に「濃き」を重ねたのではくどすぎるし、情景も調べも猥雑になる。
「くろがね」の片仮名表記には、伸びやかさを加える意味がある。ある時、尾崎左永子先生に「川島さんの仮名遣いを学ぶといいよ」と言われたことがあったが、このことだろう。

苛酷なる年貢に怒りあらはなる村びとのこゐ文字にとどめき　（原作）
苛酷なる年貢に怒りたぎりたる村びとのこゐ誌しとどめき　（添削）

（評）「なる」の重出を避けます。「文字に」はこまかいでしょう。

歴史に興味のある友人に見せてもらった古文書である。「村びと」が直接書いたものではないが、苛酷な年貢の取り立てに対する怒りが綴られていた。古文書としては珍しい類であろう。「たぎりたる」になると、その怒りは強いものになり、「なる」の重複も解消される。「文字に」を「こまかい」と言っている。「書く」ということでは「文字に」と「誌し」は同じ意味だが、要は単純化されているかどうかである。

みづからのひととせのため次々に人らは除夜の鐘撞きてゆく　（原作）
みづからのひととせのため次々に来たりて人は鐘を撞くなり　（添削）

（評）その人々の群像をより濃厚にしたいという工夫。一、二句で「除夜」のことはわかりましょう。

「除夜の鐘」は、おのれの煩悩を浄め、新しい年の幸せを願うために撞く。その願いを「みづからのひととせのため」と歌っているが、自分では単純化の効いた表現だと思っている。作品から推し量るに、「除夜の鐘」であることは明白なので、原作のようにあらためての説明は要らない。「次々に」と言っているので、「人ら」と複数形にする必要もない。「撞きてゆく」は冗漫で、結句の役割を果たしていないが、「撞くなり」となれば、強く結ぶことが出来る。小さな傷の多い作品だが、添削によりすっきりと仕上がった。

人しれず個の悲しみを記しゐる夜ふけにひとつ雷がとどろく（原作）
かへがたき個の悲しみを記しゐる夜ふけにひとつ雷がとどろく（添削）

（評）「人しれず」は、その感傷性の故に二句を重くするでしょう。で、このように。一首の訴えるものはなかなかです。

かつて日記を書いていたが、ある時全てを捨てた。過去は単なる時間の塊に過ぎず、時々の些事を書きとめておくことに意味を感じなくなったのである。過去の出来事を思い出すのは可能だが、それが出来るのは今であり、未来を想像するのも今だ。私達がかがやく瞬間は今しかないのである。
添削、「個の悲しみ」を踏まえた上での「かへがたき」である。先生は写実派の歌人であったが、晩年、作品には抽象性を加えていった。写実の領域を広げようとしていたのかどうかは分からないが、「かへがたき」の単純化にもその一端が表れている。

ただ寒き冬夜の地震《なゐ》のみなもとが遠き海とし聞けばあこがる　（原作）
さむき夜の地震《なゐ》のみなもと遥かなる海とし聞きてこころ恋ほしむ　（添削）

（評）単純化を図る上での見本のように。

真夜中の地震で目の覚めることがある。慌ててテレビで震源地を確認し、そこが遠くの海であったりすると、人の係わることの出来ない自然や、その営みに対し、憧憬に似た思いを感じることがある。

原作、「寒き」と「冬夜」の季節の重なりなど、表現に対する配慮が欠けている。「単純化を図る上」では、こうしたところを改める必要がある。「遠き」は直線的だが、「遥か」になると空間にふくらみが出てくる。さらに、「恋ほしむ」によって浪漫が加わった。

現象に迫る

海面に夕日入らんとするときに光つぶさに雪野を照らす　（原作）
海中に日の沈まんとするときに光つぶさに雪野を照らす　（添削）

（評）一～二句、しっかりと言い据えます。ある強烈な感じを湛えた一首でした。

雪国の、しかも海の近くに住む者でなければあまり目にすることのない光景だろう。海に沈む直前の夕日が、その手前に拡がる雪野を、広々と、そして「つぶさ」に照らしているのだ。紅に彩られた景は荘厳でもある。
原作の「海面」に入るという表現では立体感に欠け、雄大さが出ない。どうしても「海中」でなければならない。その上で「海中」は「わたなか」と読んでもらいたい。そこに沈んでいく「日」であるから、わざわざ「夕日」と断わる必要もないのである。

厳冬の色冴えわたる青空をうつして海はかがやきを増す　（原作）
厳冬の青冴えわたる空の色うつして海はかがやきを増す　（添削）

（評）この方が現象に迫ります。

冬の間、秋田は悪天候の日が続く。海に面した地域は、風が強く、四六時中地吹雪が荒れ狂う。それでも時には青空ののぞくこともあり、寒ざむとした無機質な色彩は、これをもって青と言うのだろうと思うほどの美しさだ。その青空をうつして海は一層の「かがやきを増す」のである。
添削では上句の語順が正されている。「厳冬の色冴えわたる青空」は読んでいてすんなりと落ちてこない。「厳冬の青冴えわたる空の色」は当然の添削であり、冬空の凛とした佇まいが強調された。

地吹雪のむかうに見えて不規則に立つ冬海の波あらあらし　（原作）
地吹雪のむかうに見えて不規則に波立つ冬の海あらあらし　（添削）

（評）四、五句のヤリクリを見て下さい。これだけでいまひとつ情景が鮮明になります。

「不規則に立つ冬海の波」の語順がおかしい。「立つ」と「波」は繋がっていなければならないだろう。添削では、「不規則に波立つ冬の海」に改められた。こうなると海が一挙に捉えられ、景も大きく、表現に無理がなくなる。「いまひとつ情景が鮮明になります」とはこのことである。言葉が順直になれば、景が確かになるのは短歌の常で、情景描写においては特に大切だ。
私の住む町は海に面しており、天候の良し悪しに関係なく冬の間、海は大荒れになる。不規則に波は立ち上がり、時に海が傾いて見えることもある。

凍天をむれつつ渡る白鳥のはるけきこゑはふたたび聞こゆ　（原作）
雪雲をむれつつ渡る白鳥のはるけきこゑはふたたび聞こゆ　（添削）

（評）初句、ちゃんとおさえます。

「凍天」が「雪雲」に添削された。一語の違いではあるが、歌に具体が加わった。暗くて重々しい雪雲の下を飛ぶ白鳥の姿が印象的になる。さらには、その鳴き声が雲にぶつかって戻ってくるような感じさえする。
「凍天」は気分的で、晴れているのか、曇っているのか分からず、読者は情景を思い起こすことが出来ない。曖昧な表現は説得力に欠ける。「雪空」の具体は、読者の鑑賞を助けるし、作品に厚みをもたらす。歌は鑑賞する人がいて、初めて完結する。

公園の闇につめたき息を吐く木立抜けきて通りに出でつ　（原作）
公園の闇に息づく冬木々の下歩みきて通りに出でつ　（添削）

（評）「冬木」であることを明示した方が、イメージが強くなります。

季節の移ろいは、いのちの移ろいである。「冬木」にはっきりとしたいのちの営みを感じることは少ないが、それでも気魂のようなものが伝わってくる時がある。
原作、「つめたき息」だけでは「冬」に結びつかず、「つめたき息」をもって「冬木」と解釈してもらおうとする態度は、読者に対する甘えでもある。「「冬木」であることを明示」するようにと先生は言っている。添削の「息づく」には、冬木の静かな佇まいといのちの有りようが滲むが、これも単純化のたまものである。

山茶花の紅きはなびら散りてゐし雪を幾日ののち思ひ出づ　（原作）
山茶花の紅きはなびらとどめゐし雪を幾日ののち思ひ出づ　（添削）

（評）三句のつかみ方をのみこんで下さい。

雪の上に紅い山茶花の花びらが散っている。たまたま目にした光景だが、その時は特別な感慨もなく傍らを通り過ぎた。ところが後日、その様子を思い出したのである。印象的な光景ではあったが、改めて思い出したことに軽い感動を覚えた。
「散りてゐし」では「はなびら」の歌になってしまう。この歌の核は「雪」にある。「とどめゐし」であれば、必要以上に「はなびら」の印象は強くならない。

山茶花のなごりの花が春の雪やみてふたたび差す日に光る　（原作）
山茶花のなごりの朱は三月の雪やみしかばふたたび光る　（添削）

（評）こんな工合でいかが？「春の」がちょっと浮きますね。

山茶花には冬を越えて春先まで咲き続けるものもあり、白い雪と紅の花のコントラストの美しさに見とれてしまう時がある。
添削歌、「朱（あけ）」が加わり、景が鮮やかになった。先生は「春」が浮いた表現になっていると言っているが、確かに「春の雪」は慣用的だ。他に注目したいのは、「差す日」が削除されたことである。「光る」は山茶花の美しさを引き出す要素に過ぎず、「差す日」まで言ってしまうとうるさくなるからだろう。

ひと冬を越えて芽吹けるこの丘の楡の不屈はこゑ伴はず　（原作）
ひと冬を越えて萌えたつこの丘の楡の不屈はこゑ伴はず　（添削）

（評）「萌えたつ」の方に勢いを感じます。

北国の長い冬が終わると、草木はその喜びを一気に爆発させる。輝くばかりのいのちを感じる季節であり、そこに住む者にとっては、待ちにまった春の訪れだ。
原作の「芽吹ける」は、その勢いと喜びを表現し得ていない。適切な一語を選び取れるかは、歌の成否の一番の要素だが、この歌にあっては「萌えたつ」以上のものはないだろう。「こゑ」なき「不屈」で冬を乗り越えた楡の生命力が、確かな形となって差し出されている。

池底をさらふひととき移されて盥の鯉ら身じろぎもせず　（原作）
池底をさらふひととき移されて鯉ら盥に身じろぎもせず　（添削）

（評）四句、より確かにいうこと。

添削では四句が順逆になっている。最初に「盥」に目が行くか、あるいは「鯉」に目が行くかによって、歌の感じが違ってくる。先に盥に目が行ってしまうと、鯉の印象が薄くなってしまう。鯉が先であれば、身じろぎもしないその姿がはっきりとしてくる。何を一番詠みたいのかを考えると、鯉が強調される必要があるだろう。そのことを考えた上での倒置であり、加えて言えば、「より確かにいう」ためには「鯉ら盥に」でなければならないのだ。わずかな言葉のやり繰りによって鯉の姿がくきやかになった一首である。

眼光のするどき古きみほとけをこゐつつしみてわれら仰ぎつ　（原作）
眼光のするどく古りしみほとけをこゐつつしみてわれら仰ぎつ　（添削）

（評）二句がすべて。

「二句がすべて」というコメントはシンプルだが、示唆されているものは単純でない。「古き」は「みほとけ」の今の状態を言っているに過ぎないが、「古りし（ふりし）」となれば、時間の経過が出てくる。かつては美しく彩色されていたであろう「みほとけ」も、時の経過とともに古ぼけてしまい、ガラス玉の眼だけが異様に光って見えるのである。対比があからさまで、計らいを感じる歌だが、古い「みほとけ」の雰囲気は伝えているのではないだろうか。「するどき」を「するどく」にしたことで、あきらかに眼光の強さが加わった。「われら」は近所の僧侶仲間で、新潟に旅した折の作品である。

とろとろに遊びつかれて眠る子の妻に似て来し顔とおもひぬ　（原作）
とろとろに遊びつかれて眠る子の顔はこのごろ妻に似て来し　（添削）

（評）下の句を差し替えることで印象が鮮明になります。

子供の顔も一、二歳になるとそれぞれの特徴が出てくる。「鼻は自分に似ているが、全体としては連合いの顔だ」などと言って、喜んだり悔しがったりするのもこの頃だ。
原作結句の「おもひぬ」は力の抜けた安直な表現になっている。予想通りの結句という感じで、工夫がない。そこを削って下句を倒置し、幾ばくかのひねりを入れる。「妻に似て来し」という事実に焦点が当てられ、子どもの顔が強調される。

言葉より単純にしてあきらめの吐息を妻が幾度ももらす　（原作）
言葉より端的にしてあきらめの吐息を妻が幾度ももらす　（添削）

（評）「単純」と「端的」では、微妙にニュアンスが異なります。

言葉に対する感覚が鋭敏でないと、「単純」と「端的」の微妙な違いが分からないかも知れない。「端的」にはある種の含みがある。
ある日、妻がイヤリングを落として戻ってきた。高価なものではなかったが、気に入っていたものらしく、家に帰ってからも幾度となくため息をついていた。どこで落としてきたか分からないのでは諦めるしかない。〈イヤリング落として戻り来し妻があきらめを経てほがらかにゐる〉は後日作だが、妻の立ち直りの早さは、私にとっては救いである。

地下鉄に忘れしバッグわが知らぬ人をめぐりてたちまち戻る　（原作）
地下鉄に忘れしバッグわが知らぬ人の手を経てたちまち戻る　（添削）

（評）四句がすべて。「人をめぐりて」→「人の手を経て」。言葉はより細やかに。

ある時、地下鉄の電車の中にバッグを忘れた。財布も入っていたので、戻ってくることはないだろうと諦めていたのだが、その日のうちに手元に届いたのには驚いた。拾った人、駅員、係の人など、何人かの手をめぐったのだろうが、誰ひとりとして私の知らない人たちである。
歌の焦点を「人の手」にしぼったことで、読者はさまざまな手を思い起こす。一首を通した調べも緊密になった。相当によく出来た添削で、先生もうまくいったと思ったに違いない。

枯れ残る去年の葦のひと群を春雨のなかにあたたかく見し　（原作）
枯れ残る去年の葦のひと群のけふ降る雨にあたたかく見ゆ　（添削）

（評）「～を～見し」は却って一首を弱めるでしょう。この場合は、状景に融合した方がよろしいでしょう。「春雨のなか」も一寸、よそごと。

自然を歌う時に大事なのは、単に見るのではなく、如何にその中に溶け込めるかであろう。「一寸、よそごと」と言われてしまったのでは、どうしようもない。「枯れ残る去年の葦」あるいは「あたたかく」から、春の情景であることは容易に推し量れる。そこで、「春」を削除する。削除した部分に何らかの言葉を埋めなくてはならないが、悩ましいところである。先生は「けふ降る」とした。深い意味をもつ言葉ではないが、「けふ」によって歌に親和感が出た。歌は、その親和感によって、作者と情景が融合するのである。

落葉してあらはとなれる鳥の巣よけふ温かく日に乾かんか　（原作）
落葉してあらはに見ゆる鳥の巣よけふ温かく日に乾かんか　（添削）

（評）「見ゆる」となれば、ピンポイントで鳥の巣に焦点が定まります。不思議なものを発見しています。

秋の後半、落葉した木の枝に鳥の巣を見ることがある。すでに鳥のいる気配はないが、さえぎるものもなく日のひかりを受けているそこは、さぞかし気持ちのいい場所に違いない。
原作の「あらはとなれる」では、焦点が定まらないのは指摘の通りだ。「見ゆる」となれば、おのずから鳥の巣に視線が向けられる。「なれる」と「見ゆる」はわずかな違いに過ぎないが、作品の可否に大きく影響する。

擬人化

おもふさま雷を放ちてここちよくなりたらん冬の夜空しづけし　（原作）
おもふさま雷を放ちてすがやかになりたらん冬の夜空しづけし　（添削）

（評）三句が肝どころ。

思うさま雷を吐き出した夜空を擬人化した一首である。長澤一作先生は、写実のさらなる可能性として「擬人化」を挙げていたが、川島先生は表立って言うことはなかった。ただ先生にも、〈みづからの影にしばしば逢ひながら蝶はゆるやかに池渡りゆく〉〈菜園の区画をさかふ赤菊の花咲きそめて蝶をいざなふ〉などの歌があり、擬人化を否定してはいなかった。
原作の「ここちよく」は拙い。「三句が肝どころ」と言って「すがやかに」と添削しているが、さしあたりこれ以上の表現は思い浮かばない。

川岸にねぢ曲げられてゆく水の起伏をとほき夕日が照らす　（原作）
川岸に沿ひて湾曲する水のとほき起伏を夕日が照らす　（添削）

（評）二句あたりの処理、比べてみて下さい。四句の扱いも。

「ねぢ曲げられて」は、擬人化による効果を狙ったものだが、先生はそれを良しとしなかった。力技に感じたのだろう。「二句あたりの処理、比べてみて下さい」とあるが、添削の方が情景も立ってくるし、何よりも表現が自然だ。
また、「とほき夕日」と「とほき起伏」では、後者がより具体的であり、水から目が離れないことで焦点のぶれも少ない。一つところに視点が定まるということは、とても大事である。

夕街を覆ひてひろく明暗のなき曇り見ゆ疲労のごとし　（原作）
夕街をひろく覆ひて明暗のなきとの曇り疲労のごとし　（添削）

（評）四句で切らぬこと。そのための一工夫。

「疲労のごとし」という比喩は、新しいものではない。ただ、初心の私はよく出来た表現だと思った。〝四句で切らない工夫〟をするために、先生は二句を倒置した。このことで「覆ひて」と「曇り」の関係がはっきりする。「見ゆ」は些末的であり、しかも四句で切れてしまうと「疲労」が強引な表現になって感じられる。そこを工夫したことで、歌はおおどかになり、おのずからなる倦怠感の伝わる一首になった。

おのづから苦渋のみづの滲みつつ路に溶けゐる一塊の雪　（原作）
おのづから苦渋のこころ滲みつつ路に溶けゐる一塊の雪　（添削）

（評）この「みづ」を「こころ」としたのがミソ。

春先、雪の塊が路に転がっているのを見かける。雪塊が解けるにしたがって汚れだけが残り、一見すると、土の塊のようでもある。そこから染み出た水が、生の「苦渋」のように辺りに拡がってゆく。
「みづ」を「こころ」に置き換えたことにより、形象の描写に過ぎなかった歌に思いが加わった。「思いを深くする」とはこうしたことを言うのであって、ちょっとした工夫により、歌にはいのちが宿るのである。

かたくなな思ひを解けるありさまに木蓮のはな開き始めつ　（原作）
かたくなの思ひをほどくありさまに木蓮のはな開き始めつ　（添削）

（評）歌のほうも、一、二句あたりをほどきましょう。

春先、白や紫の花を開く木蓮。季節の移ろいに従って咲いているに過ぎないのだが、「かたくなの思ひをほどく」にいくばくかの工夫を込めたつもりである。「解ける」も「ほどく」も意味は一緒だが、比較的大きな花である木蓮が開く様子を思えば、やはり「ほどく」の方が適切だろう。些細なことによって、花とこころの交歓、自然と人間の交歓が生まれた。言葉を扱う者はこうしたところに敏感でありたい。

名詞止め

魂の悲しみのごと夕空の片すみに今くれなゐ滲む　（原作）
魂の悲しみのごと夕空の片すみにいま滲むくれなゐ　（添削）

（評）一、二句キワドクはあれど受けとめました。結句、名詞止めの方が美しいでしょう。

夕日の差し具合よって、雲が美しい紅になることがある。雲を通した日のひかりは「滲む」ように差す。「魂の悲しみのごと」はそれを見ての直観だが、やや気分的で評価の分かれるところだろう。「キワドクはあれど」のコメントからもそのことが窺える。今の私であれば、こうした表現は避けるかも知れない。
原作結句の「くれなゐ滲む」では、夕日の美しさが十分に引き出されていない。言葉を順逆したに過ぎないが、「滲むくれなゐ」になると色彩が際立ってくる。

飼猫とともにみごもる偶然をおそれて妻がかの夏ありき　（原作）
飼猫とともにみごもる偶然をおそれてありしかの夏の妻　（添削）

（評）下の句、それらしく整えましょう。

妻はあまり動物が好きでない。結婚当初、わが家では猫を飼っていたので、気が休まらなかったらしい。妻が妊娠した同時期に猫もみごもった。どこで聞いてきたのか知らないが、ペットと一緒に身ごもるのはいいことではないと言う。もちろん俗信だが、妻は大いに心配した。
結句、「おそれてありしかの夏の妻」となれば妻が主眼の歌であることがよりはっきりするし、結句も強く結ぶことが出来る。歌の調べにもキレが出る。五七五七七にはおのずからなる調べがある。形式の持つ調べというものだが、そのことだけで歌を作っても、〝歌らしい〟ものにしかならない。調べは備わるものではなく、作り上げるものなのだ。

戦ひをうたがへるまま死にゆきし若き士官の書簡を読みつ　（原作）
戦ひをうたがひしまま死にゆける若き士官のみじかき書簡　（添削）

（評）過去形のおき方を考えます。結句、「みじかき」ではいかが？

ある時、若い士官の手紙を読んだ。郷の両親に宛てたもので、いわゆる遺言である。捉え方によっては、体制を批判する思いも滲むのだが、奥歯にものの挟まった歯痒い文章であった。時代背景を考えればやむを得ないことだろう。
「過去形のおき方を考えます」とあるが、考えるまでもなく「うたがひし」でなくてはいけない。原作の結句「読みつ」は些末的。ここまで言う必要はなく、「書簡」で終わった方が絶対にいい。「読みつ」を削除して「みじかき」を補完することで、より強く士官の無念が滲む歌になった。

作者の位置を定める

雨音にわが目覚めたる夕まぐれ憤怒のごとく湯が沸えてゐる　（原作）
雨音に目覚むる夕べかたはらに憤怒のごとく湯がたぎりゐし　（添削）

（評）自分の位置をたしかにした方が得策。

ストーブを背中にして横になっていると、ついつい眠ってしまうことがある。突然の大雨に目覚めると、ストーブの上で薬缶の湯が煮えたぎっている。歌の背景はそんなところだが、「憤怒のごとく」に、薬缶の蓋を持ちあげるほどの湯の勢いを感じてもらえれば嬉しい。
添削で「かたはら」という言葉が挿入されたが、この一語によって、先生の言う「自分の位置」が確かになった。

夜の闇のしづけきなかを流れゆく川は来世にゆきつくごとし　（原作）
夜の闇のしづけきなかに見えゐつつ川は来世に流れゆくらし　（添削）

（評）「流れゆく」「ゆきつくごとし」の、「ゆき」「ゆく」は不手際。暗黒の中に見えているという設定は如何でしょうか？　作者の位置が示されて実在感が出ます。

作者の位置がはっきりしないのは大きな欠点と言える。添削歌、「見えゐつつ」によって作者の位置が表出して、どこかふわふわとした不安定さが解消された。
短歌には作る喜びがあり、その先には読者の共感を得る喜びがある。読者の共感を得るには、作者の思いや歌の背景が読者に伝わらなくてはいけない。作者の位置が見えることも大事な要素のひとつだ。より良く読者に伝えるために、私達は表現を磨いているのである。

少年期そこにあるかとおもふまでとほき草生が朝日にひかる　（原作）
少年期かしこにあるとおもふまでとほき草生が朝日にひかる　（添削）

（評）四句から推して「遠称指示代名詞」を使います。「そこ」ではなく「かしこ」にと…。

「そこ」でも間違いではないが、四句の「とほき」を考えると矛盾がある。日にかがやく草原や草生には、懐かしい気分を誘うものがあり、そこには少年の自分が潜んでいるように思うこともある。子供時代よく遊んだ場所であれば、その思いは一層強くなる。誰もが思い出の場所の一つや二つは持っているに違いない。やや感傷的な歌だが、こうした思いも歌の成立の要件になるのである。

これからのわが半生を思ひゐしがおもひは子らの未来に及ぶ　（原作）
こののちのわが生を計りゐたりしがおもひは子らの未来に及ぶ　（添削）

（評）初句、たしかに。「思ひゐし」と「おもひ」は重なりました。

自分の未来を考えていると、その連想が子供たちに及ぶことがある。子供たちが一人前になるまで頑張れるのだろうか、と将来を不安に思う時もあったが、幸い二人の子供も社会人となり、思い煩うことも少なくなった。「思ひゐし」と「おもひ」の重なりは無様だが、こうした誤りにも気付かず歌に打ち込んでいた自分を思うと愛おしく、見捨てることなく導いてくれた先生には感謝するばかりである。

誕生ののちの三年をさな児の日々にしあれど安らかならず　（原作）
誕生ののちの三年をさな児の日々としいへど安からぬらし　（添削）

（評）結句を推量にしないとおかしいのでは？四句はそのための用意。

「をさな児」は長男である。誕生から三年、風邪をこじらせてしまったり、怪我をさせてしまったりと色々なことがあった。そのようなもろもろを括った「安らかならず」のつもりだったが、断定するのは強引だというのである。強引は時に独りよがりを招いてしまう。「推量にしないとおかしいのでは？」は、自分の思いだけで完結するなと言うことだろう。ひとつの言葉を添削するに当って、その前後、或いは全体を作り換えなくてはならない時がある。評の中に「四句はそのための用意」とあるが、添削の大変なところだ。

この日頃哀歓のさまこまやかになれる少女と思ひつつゐる　（原作）
この日頃思ひあたればわが少女哀歓ふかくなりたるかなや　（添削）

（評）ここはどうあっても「わが少女」でなくてはなりますまい。そして、この位の深々とした嘆息もたまには吐いてごろうじろ。

歌の中の「少女」は娘である。言葉の端々に成長を感じる時があって、その思いを歌にしたものだ。私に娘がいることを先生は知っていたが、その事実を知らない人にすれば、「少女」が誰なのか分からない。しかし、「わが少女」であれば、読者は即座に反応出来る。「思ひつつゐる」も当たり前で、作者の息づかいが伝わってこない。そこで、「哀歓ふかくなりたるかなや」と結んで思いを深くしたのである。「深々とした嘆息」を歌に盛り込むのは容易ではない。作者の意図が見え過ぎてしまうことがあるからだ。

夫より先立つことを切実に願ひて母は日々過ごすらし　（原作）
連れよりも先立つことを切実に願ひて母の日々はあるらし　（添削）

（評）「夫」は作者にとっては「父」にあたるわけですから、この言い方はいかにもよそよそしいです。「母」を主として、このように言えば解決しましょう。

「母」の立場からみれば「夫」だが、私から見れば「父」であって「夫」ではない。原作の表現では読者に誤解を与えかねない。初句が「連れ」でなければならない理由はここにある。「願ひて母は日々過ごすらし」は単調だが、「願ひて母の日々はあるらし」になると、歌にふくらみが出てくる。また、結句の「は」は歌を柔かくしてくれる。
母がなぜ父より先に逝くことを望んでいたのかは分からないが、父が亡くなってから三年後、ひっそりとこの世を去った。生死さえ思い通りにならないのも世の常である。

拡がりや奥行きを加える

霧雨のいつ熄むとなき日すがらを杉の濡れゐて杉はしづけし　（原作）
霧雨のいつ熄むとなきひすがらをあまねく濡れて杉はしづけし　（添削）

（評）「杉」の重出は、この場合奏効したとは思えません。「あまねく」あたり、ひろがりが出るでしょう。

わが家の裏には杉森がある。もともと雨の多い地方なので、歌のような光景をよく目にするが、私はその静かな佇まいが好きだ。
先生は「杉」の重出を戒めている。確かにわざとらしく興味本位だ。添削の「あまねく」によって歌は拡がりを得たが、それは一本の杉に対して向けられていた視線が、杉群全体を見渡すことで、立体的になったからだ。添削によって新たな「詩」の発見がなされたと言ってもいい。

ひすがらのみぞれに濡れて立ち並ぶ赤松の幹油のごとし　（原作）
並び立つ赤松の幹ひすがらのみぞれに濡れて油のごとし　（添削）

（評）原作、単調でした。その組み合わせを変えただけなのに、なぜか奥行きが出てきたようです。結句は見たところ也。

原作、景は浮かび上がってくるのだが、やや表面的だ。「単調」と指摘しているのはそのことだろう。「単調」と「単純」の区別のつかない人もいるが、「単調」とは一本調子で平板なものを言う。言葉は似ているが、まったくの別ものだ。
原作歌、三句の「立ち並ぶ」により腰が折れ、うまく下句に繋がっていかない。添削歌には、言葉をたどりながら読み解いていくような面白さがあり、それは「油のごとし」に表情を与え、みぞれに濡れた赤松の質感を伝えている。

夕ぐれの街音きこゆおぼおぼとわれの過去世の音のごとくに　（原作）
夕街のとよもしきこゆおぼおぼとわれの過去世を明かすごとくに　（添削）

（評）歌はアクセントが肝要。すこし立ち入りましたが、下句のこんなもってゆき方はいかが？「音」の重なりも面白からず。

夕街の雑踏が渦のように聞こえる時がある。その音を「過去の音」と捉えたのはちょっとした手柄と言えるが、さりとて驚くほど新しい比喩ではない。そこで先生は一歩踏み込んで「過去を明かす」と添削した。これによって、より強く思いの反映される歌になった。「音」の重なりは指摘の通りだが、歌を始めて間もない私には「街音」も「過去世の音」も精いっぱいの表現だったに違いない。「とよもし」と「おぼおぼ」が相俟って、歌には混沌とした抽象性が生まれた。

さえざえと湖のおもてに顕つひかり動くは風の出できたるらし　（原作）
さえざえと湖のとほくに顕つひかり動くは風の出できたるらし　（添削）

（評）二句で、奥行きを加えます。

添削には納得出来るものとそうでないものがあるのだろうが、私にとって先生の添削は全てであった。○の付かなかったものはことごとく捨て去り、改めて作り直すことなど一切しなかったし、それが当り前だとも思っていた。添削では、「おもて」が「とほく」に置き替えられたが、これに異議を挟む人はまずいないだろう。短いコメントだが、「奥行きを加えます」には深く頷く。原作では湖の大きさが出ていないが、「とほく」によって遥かな景の見渡せる歌に仕上がった。

高層の窓より火事を見つつをりやや遠ければすこし楽しく　（原作）
高層の窓より火事を見つつをりやや遠ければこころ楽しく　（添削）

（評）「すこし」の限定はない方がいいでしょう。いくばくかの悪のにおい。

「楽しく」は不謹慎だが、こうした野次馬根性は誰もが持ち合わせているに違いない。結句の「すこし」は安易だ。そこで「こころ」に言い換えたのだろうが、その効果はとても大きい。
他人の不幸を喜んでいる歌を発表する必要などないのだが、田中子之吉先生が「不道徳なものであっても、感情が張った時には歌にしなさい。常にそのことを心掛けていないと、いざと言う時に本当の歌を作れない。発表の憚れるものは、発表しなければいいだけのことだから」と言っていたのを思い出す。

いち早く忘れられゆく死と言はん患ひながきのち逝きしかば　（原作）
いち早く忘れられゆく人ならん患ひながきのち逝きしかば　（添削）

（評）三句、このくらいでとどめておきたいもの。そのことで奥行きが生じるのです。

長い間、床に臥して世間と交わりのない人の訃報に驚くことがある。「まだ生きていらしたのか」という驚きだ。亡くなって間もなくは話題に上がるが、弔いが終るとたちまちに忘れられてしまうのは、没世間だったためであり、それが世の常だからだ。原作の「死」は、「歌言葉」としてこなれておらず、また「逝き」と重複する。さらに言えば、亡くなった人に対する優しさと配慮に欠ける。ここは「人ならん」が適当である。
歌人にはそれぞれの美学があるのだろうが、先生の美学は優しさだった。添削にも美学が反映されており、この歌もそうしたもののひとつである。

雨あとの川をはさみて測量の二人が交互に手を上げてをり　（原作）
雨あとの川をへだてて測量の人が交互に手を上げてをり　（添削）

（評）二句、これで少し違うでしょう。「二人」はうるさいです。

川を挟んで測量士が合図を交換している。「雨あと」の川なので水の量も多く、その音にかき消されて声だけでは意思が伝わらないのだろう。
「はさみて」が「へだてて」に添削された。「はさみて」では、川幅を感じてしまうので、「へだてて」の方がいい。「これで少し違うでしょう」は、空間的な拡がりを言っている。「二人」を「人」にすると歌の姿が整う。「交互」があるので「二人」と言う必要はない。

現在形の効果

疾風吹くゆふべの空に電線が力満ち来しごとく波うつ　（原作）
疾風吹くゆふべの空に電線が力満ち来るごとく波うつ　（添削）

（評）四句、現在形のほうが力をもつでしょう。

強風によって電線が大きく波打つことがある。電線に命が宿り、力が満ちているようにも見える。四句の「満ち来し」が「満ち来る」に添削された。「現在形のほうが力をもつでしょう」とさり気なく諭しているが、目の当たりの光景である以上、「満ち来る」でなければならない。この一字の違いによって、驚きのさまがより強く出たのは言うまでもない。
「現在形」「過去形」は意識の中にありながら、それを使い分ける力がなく、私はこうした失敗を何度も繰り返した。

喜びの波立てながら雪解けの水はゆふべの海へと入りぬ　（原作）
喜びの波立てながら雪解けの水はゆふべの海に入りゆく　（添削）

（評）上句のような主情の打ち出し方に共鳴。結句は「入りゆく」とすると、作品に動きが出てきます。

春先、雪解け水によって一気に川の嵩が増える。水の流れにも勢いがあって、河口辺りでは白く波立って見えることもある。「喜びの波立てながら」はその様子を歌ったものだ。特に新しい感じ方ではないが、比較的上手く言い得た表現だと思っている。
原作の「入りぬ」だが、これでは連続性が出てこない。川の水は途切れることなく海に流れ込んでいるのだから、そこを表現する必要がある。「入りゆく」によって水の流れに動きが出て、生き生きとした歌になった。

みづからの芽吹きうながすありさまに柳の並木風になびけり　（原作）
みづからの芽吹きうながすありさまに柳の並木風になびかふ　（添削）

（評）結句、しなやかに言いおさめたいもの。着眼よろし。

春先のある日、柳が風になびいていた。その様子は、みずからの芽吹きを促すようでもあり、その捉え方を先生は「着眼よろし」と褒めている。
原作結句の「なびけり」は継続性がない。一回きりという感じにしか受け取れない。実際は止むことなく揺れ動いていたので、「なびかふ」が適確だ。「結句、しなやかに言いおさめたいもの」にあるように、「なびかふ」の一語によって歌にやわらかな動きが加わった。

時間を詠む

梅雨ぐもる空やうやくに暗みつつ昏れ残る沼浮くごとく見ゆ　（原作）
梅雨ぐもる空暗み来ていましばし昏れ残る沼浮くごとく見ゆ　（添削）

（評）時間の経過を、よりわが身にひきつけたいですね。

私の家の近くに沼がある。農業用のものだが、溜池と言った方が適当かも知れない。夏は周囲の若葉を映し、冬には白鳥などの渡り鳥が立ち寄る。季節ごとに様ざまな表情を見せてくれる場所だ。一首、梅雨季の沼がほのぼのと昏れ残り、「浮くごとく」見えている様子を歌っている。先生が言う通り、「やうやくに暗みつつ」は、時間経過をうまく言い得ていない。「やうやくに」と「暗みつつ」に一体感がないからだろう。『暗み来ていましばし」となれば、作者を過ぎてゆく時間が際立ってくる。「よりわが身にひきつけたい」とはそのことを言っている。

夕空をくだりくる雪ゆつくりと見えつつ移りゆく時間あり　（原作）
ゆつくりと夕空くだりくる雪にさながら移りゆく時間見ゆ　（添削）

（評）ちょっとバラバラの感じなので、スジを通しましょう。

原作、言わんとすることは伝わるのだが、どうもすっきりしない。上句と下句の繋がりに欠けるためだろう。原因は「見えつつ」にあり、「スジ」が通らないのもそのためである。
添削では、「雪」と「時間」が一体のものとして表現され、景と思いが真っすぐ伝わるように改められている。静かに降る雪は、目に見える時の移ろいであり、降り積もった雪は、時の重なりでもある。添削の結句、「見ゆ」に込められた思いは深い。

こぞの葦の根方にひくく生ひ出でて今年の淡き緑がそよぐ（原作）
枯葦の根方にひくく萌え出でて今年の淡き緑がそよぐ（添削）

（評）「今年の」があるので、「こぞの」はうるさく感じます。その分、葦の様子を描きましょう。

春、枯葦の根方から伸びて細い光を返している葦の葉を見かけることがある。さほど長くなくても、そのしなやかな葉は風に揺れやすく、水辺の葦は、根方のせせらぎに絶えず動いているものもある。「今年の」と言っているので、「枯葦」は去年のものであることが容易に推察出来、「こぞ」とまで言ってしまうと「うるさく」なる。添削では「こぞの」を削り、三句を「萌え出でて」に改めている。そのことで情景はいきいきしたものになり、一気に訪れた春の勢いが盛り込まれた。

常くらき溜池がけふは光りをりある日の夢の欠片のごとく（原作）
常くらき溜池のみづ光りをりある日の夢の欠片のごとく（添削）

（評）「ある日」があるので、「けふ」の限定はうるさいでしょう。ここは一番「みづ」の一語を入れます。

私の村を抜けて山に向かって歩いてゆくと、農業用の溜池が幾つかある。そのうちのひとつは林に囲まれており、いつも暗く水を湛えている。それでも日の傾き加減で、明るく光ることもあり、「夢の欠片のごとく」はその情景を見ての直観である。
「ある日」があって、「けふ」があると「うるさい」のは指摘の通りだ。一首の中に時間を表現する言葉が二つ以上あるとおおよそ失敗するが、その例と言ってもいい。「溜池」が光っているよりは「みづ」が光っている方が自然なのは言うまでもない。

谷底の木々さやぐときすでにして頂にたつものらしづけし（原作）
谷底の木々さやぐとき夕映えの山頂にあるものらしづけし（添削）

（評）この「すでにして」は安直というべきです。

山の頂から麓に向って吹く風がある。時には時間差が生じて、谷底の木々が騒だつ頃には山頂が静かになっていたりする。「すでにして」はその時間差を出そうとしての表現であるが、「さやぐ」と「しづけし」で時間差は捉えられており、改めて触れる必要もない。むしろ山全体の情景を丁寧に歌った方が、「詩」としての効果はあがる。「夕映え」は、ひとつの例として先生が示したもの。この一語によって歌が美しいものになった。

春寒を言ひて怠りゐたりしが約束出来てゆふべ出でゆく　（原作）
春寒を言ひて怠りゐたりしが約束ありてゆふべ出でゆく　（添削）

（評）ここはどうしたって「ありて」でしょう。感情のながれをよく掬いあげています。

寒さを言い訳に仕事をさぼるわけではないが、天気が悪いとフットワークが鈍くなる。それでも約束があれば出掛けて行かなくてはならない。「約束」とは、前々から決まっていたものを言う。「どうしたって「ありて」でなければならない理由はここにある。
自分で言うのもおかしいが、約束は守る方だ。特別なイレギュラーでもない限り、時間にも正確である。ただこうした性分が、日々の生活を息苦しいものにしている。尾崎左永子先生が、「高齢者が楽に生きるには、世の中に不義理すること」と言っていたが、いずれ私にもそんな日がやって来るに違いない。

硝子戸に残れる子らの手の跡を拭きをりかつて父もなさんか　（原作）
硝子戸に残れる子らの手の跡を拭きをりかつて父もなししか　（添削）

（評）結句でキマリ。

かつてわが家の居間と台所は硝子戸で仕切られていた。子供たちが小さかった頃、硝子戸はその手の跡で汚れ、拭いても拭いても切りがなかった。硝子戸には把手もあったが、子供たちはガラスの部分を押すようにして戸を開けていた。直ぐに汚されることを知りながら硝子を拭いていると、両親も同じようなことをしたに違いないという思いが過った。回想の話なので、結句は「なししか」でなければいけない。随分昔の話である。

少年のひと日の愁ひよみがへるまで濡れながら雨の街ゆく　（原作）
少年の或る日の愁ひよみがへるまで濡れながら雨の街ゆく　（添削）

（評）「ひと日」はどうしても「或る日」でないと落ち着かないでしょうね。


突然の雨にすべなく濡れてしまうことがある。それをきっかけに、こころの奥底に仕舞い込まれていた幼い頃の記憶が蘇ってきて、「そう言えば、あの日もこんな雨だった」と、しみじみ感慨にふける時がある。

原作「ひと日」は断定が強すぎる。少年時代の記憶なので、「或る日」くらいのぼんやり加減が丁度いい。

昔はびしょ濡れになって街を歩いたり、家の軒下を借りることもあったが、交通事情の良くなった今ではそうしたことも少なくなった。

暁にひとたび啼きし鳥のこゑを世を隔てたるごとく聞きゐつ　（原作）
暁にひとたび啼きし鳥のこゑ世を隔てたるごとく聞きつも　（添削）

（評）ただの一声。なれば、結句は瞬間的にとらえるべし。

明け方、床の中で鶏の声を聞いた。ただの声で、その後はまた静かな時間が流れた。無音の中に身を置いていると、先ほどの鶏の声が別の世から届いたもののように思えてきた。「聞きゐつ」でもいいのだろうが、「聞きつも」の方が、より瞬間が限定されてキレが良くなる。芸術はキレとコクが大事で、短歌も同じだ。原作三句、「鳥のこゑを」の六音は、今では信じられない凡ミスである。

助詞「て」

突風に揺らぐ森より飛びたちし鴉らのこゑ天に聞こゆる　（原作）
突風に揺らぐ森より飛び立ちて鴉らのこゑ天に聞こゆる　（添削）

（評）この「し」、なかなか問題を含むのですが、やはりまのあたりの強さという意味からも「て」にしたいと思います。その方がズドンと来る、と、少なくとも小生などは信じているのです。

「し」が「て」に添削された。先生は「なかなか問題を含む」と遠回しに言っているが、「ズドンと来る」には、「て」でなければならないという強い思いが感じられる。今の自分であれば迷うことなく「飛び立ちて」と表現するが、当時はその違いに気が付かなかった。声に出して読み下すと分かるが、「飛び立ちし」では、調子が軽く上滑りする。「て」で一呼吸置くことによって、下句に厚みが生まれる。すなわち「ズドン」と来るのである。

長病みののち逝きしかばうからららの安堵のこころ人らは言へり　（原作）
長病みてのち逝きしかばうからららの安堵のこころ人らは言へり　（添削）

（評）「の」を一つ差引きするために。

歌会などでよく話題になるのが、同じ助詞の重なりだ。「の」が幾つある、あるいは「に」が幾つあるといった瑣末的な意見が出る。同じ助詞が幾つあろうと、要は一首の中でうまく働き、調べがよければいい話なのだが、分かってもらえないことも少なくない。
原作の「の」の重なりは一首を単調にしている。初句を「長病みて」とすることで「の」を一つ差引き」できる。それによって、調べに抑揚が出る。添削の狙いはここにある。

芽吹かんとする川やなぎ夜の風に揺れゐる下をあゆみて帰る　（原作）
芽吹かんとして川やなぎ夜の風に揺れゐる下をあゆみて帰る　（添削）

（評）「揺れゐる」があって「帰る」があり、そこにかぶせるように「する」の「る」の多用は神経が徹っていないということになりましょう。そればかりではなく、調べの上から、どうしてもこうなる、という必然性を会得して下さい。

ある晩、小高い川岸の下の道路を歩いた。春が早いこともあって「やなぎ」の芽はまだ固かったが、風に揺れるその有り様は、みずからの芽吹きをうながしているようでもあった。
先生が指摘する「る」の重なりは配慮に欠りる。神経が行き届いていないという意見はその通りだろう。併せて「調べ」についても指摘している。初句、「芽吹かんとして」と擬人化することで、「やなぎ」の意思を感じる歌になった。

日もすがら部屋に籠ればひ振舞ひにわれみづからの匂ひが動く　（原作）
日もすがら部屋に籠りて振舞ふにわれみづからの匂ひが動く　（添削）

（評）二句、条件的でなく言います。

部屋に籠って仕事をしていると、ふとした振舞いに自分の匂いを感じることがある。匂いというよりは、何か気配のようでもあり、本人以外には気付かないものかも知れない。
原作二句の「籠れば」は確かに条件的だ。構図があからさまで説明的とも言えよう。「籠りて」であれば、計らいが柔らぐし、優しい物腰の「振舞ふ」が活きてくる。人によって異なる「匂ひ」の孤独も際立ってくる。

あたたかき牛乳飲みてぬくもれる幼を抱きて眠らんとする　（原作）
あたたかき牛乳飲みてぬくもれる幼を抱き眠らんとする　（添削）

（評）「オサナヲダキテ」↓「オサナヲイダキ」。「テ」の重なりの不具合を解消しましょう。この着想には共感します。

子供達が小さかった頃、時々息子を抱いて寝ることがあった。妻は年下の娘の面倒をみなければならないため、息子の世話は母に任せ切りで、母もまんざらでなかった。それでも母が留守の時などは一緒に寝なければならないこともあった。子供は体温が高く、胸の中に包み込むとなんとも気持ちのいいものだ。
「あたたかき牛乳飲みてぬくもれる」は、実際はあり得ないことかも知れないが、詩的効果を狙っての表現と言えば許されるだろうか。添削歌では、「て」の重なりが消え、歌の調べにゴツゴツしたところがなくなり、穏やかな情感も加わった。先生には子供がいなかったので特に共感してくれたのかも知れない。

助詞「は」

解決を時の流れにまかせをく煩ひ増えて冬越さんとす　（原作）

解決は時の流れにまかすべし煩ひ増えて冬を越さんか　（添削）

（評）原作、ちょっとしまりがない感じ。メリハリの大切さ。

「大根役者って、メリハリのない役者をいうのよね。短歌だってメリハリが大切」という先生の言葉を聞いたことがある。調べの良し悪しは、抑揚に拠るところが大きい。

原作の、べったりとした流れを、先生は「しまりがない」と言っている。そこで初句を「解決は」に改めた。「は」の働きは大きく、そのことで「解決」がクローズアップされている。「まかすべし」の強い意志と、結句の「冬を越さんか」の緩さ加減が、作品にある種のうねりを生み出している。

強く言い切って結ばなければならない歌、或いは緩く結ぶことによって余情の生じる歌、結句の結び方はそれぞれだが、この見極めも力量のひとつだろう。

後添ひの妻ゆゑ夫逝きしのち立場あやふく家出でしとぞ（原作）
後添ひの妻ゆゑ夫亡きのちは立場あやふく家出でしとぞ（添削）

（評）三句でキマリです。原作だとこころの流れがとまるようです。

調べが整わないと、思いまで滞ってしまうのが歌である。調べをたどりながらの鑑賞では、思いが二の次になってしまう。原作の三句切れがまさしくそれだ。添削の「は」は、軽んずることの出来ない助詞で、これによって下句の意味が強調された。
「夫亡きのち」に「後添ひの妻」が出てゆく話をよく耳にする。財産分与などの争いも多いと聞くが、当事者でなければ分からないこともあるのだろう。ただ、こうした話を聞くと、こころが痛むのである。

変換を望むにあらずさにあれど折々こころうごくもあはれ　（原作）
変換を望むにあらずさはあれどこころ折々うごくもあはれ　（添削）

（評）三句、語法しっかりと。心理過程を活写しています。

原作三句、「そうではあるが」という意味で歌ったのだが、それならば「さはあれど」となる。正直に言うと私は文法に詳しくない。どちらかと言えば直感に頼るところがあって、「これは正しそうな気がする。これは間違っているような気がする」といったレベルだ。だから、時にはとんでもないことを仕出かしてしまう。四句は『こころ折々』に改められたが、このことで、三句から四句にかけての調べが平らかになった。「変換」は目立つ言葉だが、三句以降がおとなしいので、あまり気にならない。

あらかじめ与へられゐしもののごとにはかに昼の眠り兆せり　（原作）
あらかじめ与へられゐしもののごとにはかに昼の眠りは兆す　（添削）

（評）結句を締めましょう。

昼食後、たまらなく眠くなる時があって、さながら予定に組み込まれているように感じることがある。大げさに言えば、前もって人生に組み込まれている眠りのようにも思えるのだ。上句のフレーズはそのことである。自分ではとても気に入っている歌だが、読者はどう感じるだろうか。原作結句の「眠り兆せり」は、しっかりと歌を結べていない。「眠りは兆す」の方がいい。先生は滅多に二重丸をつけてくれなかったが、この歌は数少ない二重丸の歌でもある。

諦むることおほくして年齢のゆゑともおもひ質とも思ふ　（原作）
諦むることのおほくは年齢のゆゑとしおもひ質とも思ふ　（添削）

（評）想念の展開の工夫を考えてみます。下句の畳みかけは、ひとつは「し」にしましょう。

私はどちらかと言うと諦めの早い方だ。自分に向かないと思うと、潔く区切りをつけて別のものに向かう。こんな風に言うと聞こえはいいが、要は飽きやすい性格であり、ひとつ事に打ち込んで努力するのが嫌いなだけだ。
原作の「おほくして」では、歌意も調べも二句以降にうまく繋がっていかない。「して」が緩みの原因になっている。添削四句、「し」に変わったことによる効果は大きく、「し」の歯切れのよい声調が歌を引き締めた。

助詞「の」

親鳥の近づくときに葉ごもれる巣よりすずしき声聞こえ来つ　（原作）
親鳥の近づくときに葉ごもりの巣よりすずしき声聞こえ来つ　（添削）

（評）三句、動詞だと全体の調子が崩れます。こういうことも計量して下さい。

わが家の境内の比翼檜葉に、時々鳥が巣を組む。比翼檜葉は糸状に葉が垂れさがり、厚く生い茂るので、外からは見えづらく、巣を守るにはうってつけの場所である。鳥が巣を作ってほどなく、雛の声が聞こえてくることもあり、餌を探しに出ていた親鳥が帰ってくると、その声は一段と高くなる。
「葉ごもれる」よりは「葉ごもりの」の方がいい。調子が整う。助詞「の」の働きも見逃せない。「てにをは」の重要さはよくは言われることだが、この歌にも当てはまるだろう。

戦略のために築きしものなれど濠にはあまた睡蓮が咲く　（原作）
戦略のために築きしあとなれど濠にはあまた睡蓮の咲く　（添削）

（評）ちょっとしたことですが…。

「もの」が「あと」になり、「が」が「の」に代わったに過ぎず、先生も「ちょっとしたこと」と言っている。ただ普段言葉を鍛えていないと、この「ちょっとしたこと」に気付かない。「濠」が〝場所〟であることを考えれば、「もの」よりは「あと」の方が適切だ。結句の助詞の「が」は強く響きすぎる。
敵の侵入を防ぐために作られた濠だが、今では一面睡蓮に覆われて、夏には美しい薄紅色の花が開く。人々の憩いの場所であり、戦国時代のロマンチシズムなど微塵もない。

晴天の朝の広場の雪の上に塵降るごとく鴉らくだる　（原作）
朝晴れし広場が見えて雪の上に塵芥のごと鴉らくだる　（添削）

（評）いい光景。但し原作は一本調子です。上句一寸工夫して、メリハリを加えます。

鴉は黒い鳥なので、遠目に見ると塵のようでもある。雪の上であればなおさらだ。原作、単に一本調子なだけではなく、小さくまとまっている。添削では「見えて」が付け加えられた。最初に「広場」が視界に入ることによって、しっかりとした拵えが出来、「塵芥」が際立ってくる。原作上句の「の」の重なりは、歌の調子が上滑りする要因になっていて、そこを改める意味合いも含んでいよう。

助詞「を」

海のうへ雲ながながと段なせりいまだに照らす入日のなごり　（原作）
海のうへ雲ながながと段なすをいまだも照らす入日のなごり　（添削）

（評）三句で切れて、五句同音で終るのは不手際。四句が少々宙吊りのかたちにも見えます。で、三句で一度曲げます。これで歌柄がズンと大きくなります。

海の近く住んでいる私には見慣れた光景だ。沖合に沈んだ太陽の余光が、低く横たわる雲を照らしているのである。雲の下側にしか光は及ばず、果敢なげな美しさが、見る者のこころを捉える。
原作では情景を言い得ていない。上句と下句の繋がりがなく、何を歌いたいのか、読者に伝わらない。「段なすを」は、上句と下句を連動させるための手段だが、それは景を際立たせる働きもある。「歌柄がズンと大きくなります」とはこのことだ。詩の本質を一挙に捉えるのが短歌の表現である。

水照りのうへ渡るとき海鳥は翼のうらのあかるみゐんか　（原作）
水照りのうへを渡ると海鳥の翼のうらのあかるみゐんか　（添削）

（評）「を」の働き、おろそかならず。

原作二句、「うへ渡るとき」は断定が強すぎるだろう。特に「とき」は、押しつけがましい。「うへを」の「を」によって、歌は広がりを得た。「うへ渡るとき」は時間が軸になっているが、「うへを渡ると」になると、広々とした海に心が誘われるし、調べもおだやかだ。
まばゆい海面の反映に照らされた、鳥の翼の裏側の「あかるみゐんか」にわずかばかりの発見を感じ取ってもらえれば作者冥利に尽きる。

思ふさま数を乱して鷗らが河口のうへ舞ひはじめたり　（原作）
思ふさま数を乱して鷗らが河口のうへを舞ひはじめたり　（添削）

（評）「河口（カワグチ）」よりも「河口（カコウ）」の語感をとります。

四句目を「カコウ」と読ませ、一字足りなくなったところに助詞の「を」をあしらって姿を整える。私としては原作の四句で切れる呼吸も悪くはないと思うのだが、添削によって歌はおおらかになった。先生が「カワグチ」の濁音を嫌ったことはコメントからも明白で、「カコウ」と読ませることにより、「舞ひ」という甘い言葉を歌に定着させている。「数を乱して」に自分なりの工夫を施したつもりだが、いかがだろうか。

助詞「か」

二段づつ階をのぼりて会場にゆくわたくしの気負へるは何故　（原作）
二段づつ階をのぼりて会場にゆくわたくしの気負ひは何故か　（添削）

（評）動態よく捉えて面白みあり。結句、「か」を送ります。

何をもって歌を面白いと感じるかは人により異なるが、私は俗な面白さには組みしない。実作でそのことが実行出来ているかは別にしても、短歌は格調高くありたいというのが願いであり、先生の教えでもある。短歌の俗化は大衆化であり、裾野を拡げる大衆化を一概に悪いとは言わないが、そこに満足しない人もいる。
「何故」と「何故か」の違いは俗臭の出方だろう。「何故」で終るといささか軽味が出てしまう。「か」を送る意味はそこにある。やや腰折れしているが、私自身は気に入っている歌だ。

かがやきて菜の花の咲く山畑の連なり天に至れるごとし　（原作）
かがやきて菜の花の咲く山畑の連なりとほく天に至るか　（添削）

（評）下句、喩であるよりも、じかにゆきたいところ。

春の初め頃、高原などで菜の花畑を目にする。「こんな所に」と思う場所に拡がっているものもあるが、観光以外の目的であれば、人目に付く必要もない。油を採取するために花を育てている畑は広大で、天に届くように見える菜の花畑もある。
「天に至れるごとし」はひとつの捉え方だが、先生は「じかにゆきたい」と言って「とほく天に至るか」と詠み直している。この歌で「とほく」はとても重要で、菜の花畑の遥々とした感じを伝えている。

咲きさかる桜の下をあゆみ来つ微熱のごとき愁ひをもちて（原作）
咲きさかる桜の下をあゆみ来つ微熱のごときわれの愁ひか（添削）

（評）下の句、ひきしめたいと思います。

「愁ひをもちて」は中途半端で、一首をうまく結べていない。「もちて」も細かすぎる。添削の「われの愁ひか」によって、作者の思いがぐっと内向きになったが、「ひきしめたい」とは、そのことを言っているのであろう。
桜が咲く頃のおぼろげな佇まいを、「微熱のごとき愁ひ」と歌ったところに工夫を感じてもらえれば嬉しい。青年期の歌だが、この頃の私は、そこはかとない愁いを常に携えていた。

助詞「も」

やはらかに緑ととのふ篠懸にけさはたのしく夏鳥つどふ　（原作）
やはらかに緑ととのふ篠懸にけさたのしくも夏鳥つどふ　（添削）

（評）四句を強めます。やや「茂吉調」。

篠懸の街路樹の立ち並ぶ通りがあって、そこを歩むと鳥の声が聞こえる。ひっきりなしに人や車が行き交う道なので、巣を作っているわけではないだろうが、涼やかな声は行人の心を和ませてくれる。ある初夏のこと、柔らかな若葉の繁みの中から、楽しげに鳴く鳥の声が聞こえてきた。鳥に対する知識がないので「夏鳥」としか歌えないが、逆にこの方が大らかでいい。「けさたのしくも」の小休止によって、「篠懸」と「夏鳥」の交歓が生まれた。先生は「茂吉調」と言っているが、当時、茂吉を読んでいなかった私にはよく理解出来なかった。

さへぎれるものなければどもモノレール時に曲がりて街上をゆく　（原作）
さへぎれるもののなければどモノレール時に曲がりて街空をゆく　（添削）

（評）二句、おだやかに。

上京の際、私は飛行機を利用し、都心に出る交通手段にはモノレールを使う。参加者の利便を考えて、全国規模の会議は浜松町界隈で行われることも少なくない。モノレールに乗っていると、障害物がないにも係わらず曲線を描きながら進行することがある。レールを真っすぐに曳けない事情があるのだろうが、このような意味のないものに意味を与えるのも詩の味わいだ。
原作の二句、「も」の響きはうるさく、「おだやかに」という先生の指導は適切だ。結句は「街空」がいい。モノレールの朗らかな感じが出て、視界も拡がる。

香木に焼きたる釈迦のなきがらも炎のなかに起き上がりしか　（原作）
香木に焼きたる釈迦のなきがらは炎のなかに起き上がりしか　（添削）

（評）「も」は、不適切でしょうね。

大分前のことだが、棺が燃え尽きる時に、亡骸が起き上がるように見えるという話を斎場の職員に聞いた。あまり想像したくない光景だが、本当の話だろう。この一首にはそうした背景がある。「釈迦のなきがら」は、白檀の薪で火葬されたと言い伝えられているが、釈迦とて生身の人間である。炎の中で同じような現象が起きたとしても不思議ではない。「なきがらも」の「も」は、釈迦を特別な存在と捉えての「も」だが、数多の遺体が思い浮かんでくるようでおどろおどろしい。「は」であれば、読者に不快な感じを与えずに済む。

助詞「と」

本を読むわれと服地を裁つ妻の異なる時間ひとつ家に過ぐ　（原作）
本を読むわれと服地を裁つ妻と異なる時間ひとつ家に過ぐ　（添削）

（評）三句は、どうしても「と」でしょう。下の句、たいへんいいですネ。

ある日の私達夫婦の姿である。私は本を読み、妻は服地を裁っている。同じ時間を一つの家で過ごしながら、おのおのには「異なる時間」が流れているのである。「下の句、たいへんいいですネ」と先生は褒めている。先生の指導は間口が広かった。私が歌をやめずにいたのも、時々こうして褒められたからだ。
添削三句の「と」によって「われと」「妻と」が並列した形になり、「異なる時間」がより強調された。一字の違いで作品が生まれ変わった好例である。

米五合庫裡改修に寄付したる古き文あり貧しかりにき　（原作）
米五合庫裡改修に寄付せりと古き文あり貧しかりにき　（添削）

（評）節々を整えて……。

私が住職を務める寺には多くの古文書がある。火災で一部失ってはいるが、残っている中には面白いものもある。大正時代の「庫裡改修」では、「米五合」をもって寄付に代えた人もいたらしい。いつの時代にも裕福な人もいれば、貧しい人もいる。「米五合」は、懐かしく、そして親しい。
「寄付せりと」によって、下句への繋がりが滑らかになったが、「節々を整えて」とは、そのことを意味している。

あとがき

昭和五十九年、私は創刊間もない「運河」に入会し、すぐに川島喜代詩先生の添削を受けた。歌について指導を受けるのは初めてのことであり、返送された歌稿を読み、喜んだり、打ちのめされたりした。それは先生が体調を崩すまでの約二十年に及んだが、その間、「ものに気づく」「こころを留める」「こころをあずける」といった骨法を通して、「ものを観る」ことの大切さを教えてもらった。丁寧な指導であったが、指導を受けた私は、未だ道半ばであり、先生からすれば徒労だったかも知れない。

添削については色々な意見があって、悪く言う人もいるが、私はそのようには考えていない。何故ならば、たった一字の添削で、歌の中に別の世界が出現することを体験しているからだ。力のない指導者の無責任な添削で人が育つことはなく、長い間、歌を作りながら、その努力が実を結ばなかった人を数多く知っている。それらは指導する側の責任であって、指導される者にとっては、もはや不幸としか言いようがない。私は早い時期に先生と巡り会えた僥倖を喜ぶのである。

本著は平成二十六年の四月から二年間、「運河」に連載した「川島喜代詩の添削」を纏めたものである。各ページの「原作」はすべて私の歌で、その歌に対する先生の「添削」と「評」を付した。小文は、添削と評を読んで、私なりに感じた思いを述べたものである。いわゆる作歌工房の裏の部分であり、本来ならば公にすべきことではないかも知れないが、先生への報恩の意味も兼ね、思い切って出版することにした。

私の作品や感想などは取るに足らないが、先生の添削や評は、歌を作る全ての人の参考になると信じている。ご清鑑を乞うばかりだ。

出版に当たり、三本木書院の真野少様、装丁を引き受けて下さった間村俊一様に心より御礼申し上げたい。

令和二年　夏

山　中　律　雄

著者略歴

山中　律雄（やまなか・りつゆう）

1958年生まれ
1984年「運河」入会。川島喜代詩に師事。
現在、「運河」代表。
「秋田魁新報」読者文芸選者、「ＮＨＫ学園」短歌講座講師。
歌集に『無窮より』『刻ゆるやかに』『変遷』『仮象』。
現代歌人協会会員、日本歌人クラブ会員、日本文藝家協会会員。

新運河叢書第十七篇

川島喜代詩の添削

発行日　二〇二〇年九月二十日
著　者　山中律雄
発行人　真野　少
発　行　現代短歌社
〒一七一―〇〇三一
東京都豊島区目白二―八―二
電話　〇三―六九〇三―一四〇〇
発　売　三本木書院
〒六〇二―〇八六二
京都市上京区河原町通丸太町上る
出水町二八四
印　刷　創栄図書印刷
製　本　新里製本所

ISBN978-4-86534-340-3 C0092 ¥3200E